深山一口井

鍾玲 著

目錄

第二輯　春陽

第三輯　松子發芽

第四輯　水窪裡的天空

第五輯 流沙

第六輯　深山一口井

第七輯　陰陽界

推薦序

靈光燭耀

——鍾玲的極短篇小說

奚淞

近來在港臺報章雜誌上陸續讀到鍾玲發表的極短篇小說，很喜歡。覺得她不只用字精簡、形容準確，更存一份溫柔敦厚用心。此心或潛伏、或顯露，自由穿逡在事實與虛構交織的文本中。有時竟可以毫無預警地，作者自身語言忽然挺身而出，出面邀請讀者就故事角色情節進行反思。這種並非一般說教或勵志散文的小說類作品，可謂風格獨特而引人入勝。我讀之如嚼橄欖，回味再三。

去年鍾玲由澳門大學退休，回臺灣定居。我於是有機會與她見面、聊天。我發現外表沉靜寡言的她，觸及文學便打開話匣子，她舒緩從容地談到創作、人生經歷以及做為一個佛教徒對她寫作的影響。

文學可說是鍾玲的一生之約：大學時代便投稿《文星》雜誌。而後在痖弦任《聯合報》副刊主編時的極短篇專欄中寫作。其間赴美修比較文學。而後在港、臺、澳門的大學教學及任職行政。她不只寫詩、散文、小說，也在上世紀八〇年代末至九〇年代初，為胡金銓擔任編劇及製片，《山中傳奇》便出自她的劇本。

「中年後，常常覺得自己的不足。」鍾玲說：「這份不足之感非關學問，也非關文學，而是想追求一份得以提升生活和圓滿生命的智慧。直到五十四歲拜師學佛，心才漸漸打開……」

「大凡世間文學作品，往往陷落在情感情緒糾葛的表現中。我想，或許是因為多年學佛，也大概是因為自己年齡到了。二〇一四年，我決定以『悟人心——悟自己、悟他人』為主旨，用小說形式每月寫一個短篇。到今天，已經積了五十多篇了。」鍾玲娓娓道出她創作本懷。彷彿揭開簾幕，讓我更瞭解這些玲瓏精緻的作品，原來都是為傳達人間善意而寫的。

我因此想到文學所謂的極短篇，又有人稱作掌中書、微型小說、小小說或是英文的flash fiction。英文名稱有意思，flash指剎那閃光，而fiction指小說故事。這讓我思及佛語云：「千年暗室，一燈能照。」我想鍾玲寫小說的意圖不只為顯現人生表象，也期望人能在體驗苦樂之餘，當下能卸下情欲纏縛，藉正念轉迷成悟。哪怕只是點滴小悟，也足以開啟心門，直到靈光燭耀的境界。

難得當今還有這樣具「文以載道」理想、以「真善美」為指標的文藝作者。鍾玲囑我為她的新書寫幾句話，便以我所喜愛的三篇——〈車禍中的奇蹟〉、〈禪機〉、〈書院的嬰兒〉略加解說，或有助於讀者對作品及作者的瞭解。

首先談〈車禍中的奇蹟〉。我覺得鍾玲文筆的白描功夫真好。其中山路上橫遭車禍情節，寥寥數百字，三四個小段落，就把電光石火、驚心動魄的貨、轎車相撞現場和盤托出，簡直就像在拍電影了。我為此詢問鍾玲，這技巧可是她從隨胡金銓拍電影的經驗裡學來的？

鍾玲笑答：「他是電影大師。我親眼看他對擺一個鏡頭的講究和精心設計。關於鏡框式畫面，包括環境物件上的安排、人物的對應關係，都要抵達充分飽滿才行。當然，金銓在畫面、美學和寫劇本方面教了我許多。至於說到小說創作，我一向不斷揣摩試探，全然是我自己想做的事。」

的確，鍾玲〈車禍中的奇蹟〉不止於寫出情境上的飽滿明確，到頭來筆鋒一轉，更顯現出災禍中、以萬分之一機率存活下來的倖存者，對「人生難得」佛法的洞悟。這份洞悟既屬莫大奇蹟，又僅就只是繼續活下去而已。主角在結尾道出：「……**餘生應該用來感恩，用來學習瞭解自己**。」這兩句話多平淡、多真切，不就是作者要傳達給人的「悟」嗎？

第二篇介紹〈禪機〉，趁此描述禪宗棒喝的小故事，我想先透露作者當年皈依佛門的經歷，也是一段真實版的「山中傳奇」。

據鍾玲說，那是在一九九八年農曆春節，友人邀她往臺南千佛山菩提寺，拜謁白雲老禪師。本來只是陪伴朋友、湊熱鬧，沒想到入寺後，當座上禪師接過她遞上名片，看了看便問道：「哦，是那位作家嗎？」朋友才稱是，白雲便轉臉向鍾玲道：「二十多年前，妳在《中央日報》登過一篇研究寒山詩的文章，對罷？」

毫無預期，驟然聽到老禪師問話，鍾玲大吃一驚。因為這文章，原是她留學美國時在威斯康辛大學所寫碩士論文中的一章，後在國內《中央日報》副刊發表。二十八年前的塵封舊事了，怎麼會忽然穿越時空，在老和尚口中道出？

「我眼淚一下子就直淌下來。」鍾玲說起這段與白雲老禪師初度會面的事，依然激動：「我立即明白，這就是我的師父了。我皈依他老人家，同時也一直相信，早在二十八年前，他就已經收我為徒了。」

這位白雲禪師是湖南人，自幼出家，勤學通貫顯密、經歷坎坷歲月。他一度遭國民黨拉伕從軍，一九四八年來臺，足足做了十一年軍人，才解役回歸比丘身分。白雲禪師是潛隱於佛教界的法門龍象，直至九十高齡，仍不斷以深入淺出言辭向弟子開示經論。老禪師圓寂於二〇一一年，享年九十七歲。

「我初見他時，師父已高齡八十四，由於他有長年練功夫的底子，體態像個大壯漢，讓我看著有些害怕。」鍾玲笑說：「我是在家弟子，他對我們的教導很溫和。但是對寺中比丘、比丘尼可就嚴厲，有時兇得嚇人，不時作獅子吼。」

在鍾玲諸多抒情短篇中，我特別喜歡那篇融暴烈與慈悲於一爐的〈禪機〉，便也是因為其中對禪宗師父栩栩如生的描寫。

話說香客迢迢趕路，入廣東山區古寺，拜謁一位歷經文革、勞改苦役，現已恢復聲名的老禪師。故事發生在有千年歷史傳承的雲門宗祖庭……瘦小、顫巍巍、拄拐杖的佛圓老禪師走出來了。這位坐上太師椅的老和尚抿著嘴，正眼也不瞧恭敬遞上名片和紅包的香客（洪莉）。老和尚忽然開口——「『妳想做什麼？』給這麼一問，洪莉想也沒想衝口而出：『我想賺錢。』老和尚板著臉大聲叱說：『去偷！去搶！去殺！』說完別過頭去。洪莉的臉刷一下全白了……」

佛圓一聲叱，可真是禪門棒喝，也是對當今普遍貪求現世福報而迷信宗教的人們作獅子吼。古云：「達摩東來，為尋一不受惑的人。」鍾玲寫〈禪機〉至此，必然是感應到佛圓禪師棒喝的用心良苦。

〈禪機〉故事發展到結尾，發生奇妙轉變。小說描述由太師椅起身、往客堂庭院邊走去的老和尚忽然止步，低頭凝視黃瓷磚地面。原來有一隻蟋蟀誤闖佛堂，呆伏地面，不知何去何從……。以下是故事結尾，也是〈禪機〉最動人的一段文字：

他（佛圓老和尚）把拐杖放在牆邊，手扶著牆（當年勞改時造成腳骨裂傷，長年疼痛難行，故扶牆），走到蟋蟀旁，用他的雙腳站成九十度的直角，把牠包在直角範圍內，然後雙腿向門方向慢慢移動。牠（蟋蟀）跟著這兩面移動的牆爬行，沒多久牠就由足來足往的險境，回到泥地的家園，那傷痕累累的牆表現的是佛圓老和尚慈悲的身教。

忍耐徹骨疼痛而救助一隻小蟲歸家，豈不正是「無緣大慈，同體大悲」佛陀身姿的寫照。〈禪機〉裡，佛圓禪師的棒喝是智慧，救助小蟲是慈悲。悲智雙運，佛法的願行至此圓滿。

介紹鍾玲以「寫出人間善意」為主旨的系列小說，我以〈書院的嬰兒〉做為第三則範例。

雖則小說並非紀實文體，我以為這篇故事其靈感可能也就是來自鍾玲所任職、澳門大學鄭裕彤書院所發生的事件。

〈書院的嬰兒〉描述一位任職書院、熱誠工作的女導師。她年輕，育有一個不滿一歲的男孩——山仔。她如何才能兼顧工作和育嬰，使一切得以兩全其美呢？

鍾玲這篇小說寫得趣味盎然，描寫了書院居然成為育兒院，而全院師生成為嬰兒代母的妙境。此處我既想保護小說機妙，就不該多加贅言，以便讓讀者自得閱讀之趣。

倒是我曾經為〈書院的嬰兒〉一作詢問作者：「為什麼要把書中的小主角取名作『山仔』？」

「我喜歡山呀。」鍾玲說得率直：「我從小愛山，雖然我身體不夠強，也不能攀登太高的山。但只要有機會上山，甚至躺臥在天光雲影徘徊的高處，我就像回家般快樂，一點煩惱都沒有了。」

我因此想到在這篇故事裡，所有書院中的師生如母，譬若佛母摩耶夫人，代表世界森羅萬象、無有際涯的愛與慈悲，而山仔則如同出生的悉達多太子，象徵了指天示地的明覺智慧。兩者相融相合，便是心性靈光閃耀的光明母子會。

在此，我願以〈書院的嬰兒〉最後段落、鍾玲小說的文句作結語，以祝福世間一切眾生：

> 有這樣一位媽媽，就有這樣一個獨立的嬰兒。她把山仔放到廣大的世界上，讓他跟人交往，讓他面對不同的處境，山仔可以很早發展他的個性、他的潛能。這座書院的學生肯定有獨特的才能：會抱嬰兒！這特長在一九九九年左右出生的獨生兒女世代之中非常罕有，未來他們會是有擔當的爸爸媽媽。這樣

一個嬰兒，好奇一切聲光色彩，喜歡跟人互動、喜歡助人，在眾人前勇於表現自己特長，喜歡自己解決問題。將來他會是怎樣勇敢的少年！怎樣敢於創新冒險的青年！怎樣一個堅強的人！

於二〇一九年三月

第一輯

破繭的蝴蝶

安樂登山

俞安樂把洗好的玻璃杯往上面的櫥櫃裡放，心裡想著早上醒來時，夢中陰沉的天空，他被烏雲壓住。哐啷一聲玻璃杯落到瓷磚地上，碎成十多片。他心一沉，自己不論做什麼事都做不好，這是宿命。太太和兒子正要出門，一個去製藥廠上班，一個去新營高中上學。兒子避開他的眼睛，他知道兒子在想什麼，爸爸真沒用，還不如沒有這個爸爸。太太一身職業婦女的天藍色套裝衣褲，她臉上沒有怒氣，也不見以前對他的關心，她說話的時候沒望著他：「你不用收拾，今早清潔工會來，你不要總待在家裡，出去走走，只要坐客運車，就可以到關子嶺，洗洗溫泉，去散散心。」

太太一定極力在忍，面對這樣一個沒用的丈夫，一分鐘都嫌多餘。他轉身回到書房，像退休後這半年一樣，躺在長沙發上，浸在沮喪的情緒中。

俞安樂看見手上有細細一線光，是百葉窗簾隙縫透進來的陽光，冬天的陽光，他想到太太叫他上關子嶺，但他一想到溫泉就討厭，死在溫泉浴缸中，發現他的人，面對又老又醜的屍體，會噁心到吐。總覺得動物很聰明，臨終時會躲到深山密林裡，靜靜地死去，沒有同類知道牠在哪裡。他以前的同事裡有愛登山的，說全臺南縣最高的山是大凍山，登山口在關子嶺。忽然他有了目標，這是十年來第一次那麼明確。瘦弱的他穿上毛衣，加了件夾克，搖搖晃晃地走到一條街外的客運站。

在關子嶺一家小吃店向店員問清楚去大凍山的登山口在哪裡，他花了三十分鐘才走到登山口，遠方是巨人頭一樣的大凍山，眼前是第一座山，雞籠山，斜斜的山道兩旁的樹一片綠。但是他已經很累了，膝蓋發軟，想到走回客運站也要三十分鐘，就打退堂鼓，往回走，坐車回新營，到家倒頭就睡。

到了第三天，俞安樂小腿不酸了，坐在書房裡，想到藍色山嵐裏住的大凍山，山高一千四百公尺，晚上會很冷，安靜地躺在密林深處一個洞穴中，慢慢虛弱，失去知覺，是個很好的死法。他又坐上客運車到了關子嶺。在小吃店中買了兩個茶葉蛋，匆匆吞下去以增強體力。他走上雞籠山長長的、蜿蜒的斜坡路，走二十多步就休息一下，路兩旁的路樹之外，是漫山遍野的檳榔樹，根本沒有藏身之處，前後三三兩兩爬山的人，他們一眼看得清整個山坡。爬不到半山，他已經上氣不接下氣，膝蓋發軟，只好下山坐客運車回家。

第三次爬雞籠山登山道那個早上，他在家先吃了四片牛油塗麵包、三個雞蛋，終於成功地登上了雞籠山的山頂，叫崁頂，卻大失所望。崁頂像市集，有超過一百人，登山客、一家大小，絡繹不絕。地上有各種小攤，賣水果、蔬菜、飲料。原來有一條馬路可以開車上來，他很沮喪，哪兒去一個找密林安息的地方呢？旁邊有人問他：「你要去哪裡？」

俞安樂回頭望，是一個比他矮半個頭、臉上滿布皺紋的男人，筆挺而精瘦，年齡應該跟他相似，六十左右。

「去大凍山。」

精瘦的男人說：「我帶你去，我正要上山。」

俞安樂說：「今天爬不動了。」

精瘦的說：「明天來罷，我天天爬，明天十點在這裡等你。」

第二天，精瘦的果然在等他，兩人起步上山，俞安樂看見他步履輕快，心中愧疚，說：「你還是先走，不要管我，我太慢。」

精瘦的用有力的聲音說：「不急，慢慢走，以前我身體比你還差，那是兩年前，鼻咽癌復發，只有三個月活命，半死不活。」

俞安樂不可置信地望著這個精力充沛的男人。上山步道的兩旁都是林木，但樹都不高，不算森林，還要再往上爬，他想。到一個轉彎處，精瘦的帶他走小徑到一個崖頭往下望。下面是一層一層下行的青山，冬天的臺灣，它們依然綠意滿眼，俞安樂覺得很壯觀，才想起，這是他生平第一次由山上仔細觀看大地。

精瘦的天天陪他爬山，俞安樂爬不動的時候就送他回拔頂，再一上一下分道揚鑣。俞安樂在第二十五度登山的那一次，終於登上了大凍山山頂。這二十多次相伴而行，兩人時不時交談一兩句，精瘦的說他以前的癌症病情和心情，俞安樂說他各種不順心的事。在家裡俞太太發現先生話題多了，談登山，談精瘦的。

在大凍山山頂，兩人極目望山崖下的大風景，精瘦的向他說明，山林深處那兒藏著什麼大寺院，嘉南平原上有哪些河流，俞安樂小學生認字一樣地學。他忽然驚覺，已經有五天沒有用眼睛去搜索安樂死的森林深處了。而森林深處就在他的周圍，任何方向進入密林幾百公尺都有安息處。

一年以後，俞安樂也變成一個精瘦的男人，每隔幾天就出去爬臺灣某一座高山。

——二〇一五年十月

山中出事之後

香港島其實是大海海面上突起的一座大山峰，又散成無數個小山峰。馮月站在一個高高的小山峰上俯瞰，夕陽把幾十個山頭染上淡金，這應該就是金碧色，她的心情平靜下來。忽然察覺該往回走了，一小時後天就黑了。一走上山徑，心中又紛亂起來，修為什麼總是催婚？她說過多少次等她通過了博士口試再討論婚事的。中午吃飯才吵過，他老是要知道她的行蹤。兩個人的個性差別太大。她不愛受羈絆，凡事即興；他重視細節，規劃周詳，早把她排進自己的二十年計劃。馮月開始懷疑他們是否合適，雖然不吵的時候，相處真的很快樂。走著走著她覺得口渴，她不像一般登山客背背包，而是側背一個帆布書包。她站定，取下書包，拿出水瓶，接著一面繼續趕路，一面喝水。

馮月犯了登山的大忌，走路之際同時做幾件事情：她口中喝水，腳下行密林中蜿蜒的沙土徑，心中想著煩惱事。跑鞋在小沙石上一滑，她滾下山徑旁的山坡，非常陡的險坡。感覺上滾了近一分鐘，其實只滾了六秒。她的身體四肢擦過樹幹、大石頭，最後被一棵大樹樹幹擋住。她聽自己大聲叫喊，左腳非常痛。靠著樹幹，定下神來四望，險坡上下全都長了五公尺以上傾斜的樹。往上望不見適來的山徑，往下望大斜坡伸延不見底。

除了左踝劇痛，肩部、右邊肋骨部位都痛，右掌擦傷流血。她手扶樹幹試著站起來，左腳痛得裂心裂肺！是踝骨碎了嗎？只好抱著樹幹坐下來。她想要打手機向修求救，但書包沒有掛在身側，是剛才因為方便放回水瓶，她把書包吊在左肩上，摔落的時候，書包脫離肩膀，滾下坡去。用目光搜索，斜坡上下都看不見書包，不知滾到何處去了？還好修一定會去警察局請他們定位找她。忽然她臉色發白了，因為跟修生氣，下午她把手機關了。

馮月被恐懼籠罩，她大叫救命，才叫兩聲，忽然住口。她走的不是太平山山頂通往薄扶林水塘的山徑，而是由這條熱門山徑上叉出去的一條小路，平常少人行走，日暮時分根本不可能有人。林中更暗了，她看見斜坡上方有條長東西在蠕動，是蛇？身上有黑色的環紋啊！是銀環蛇，毒蛇！她全身發抖，閉上眼。再張開眼，那條蛇在兩公尺的上方移動，細看黑色環紋散亂，蛇身灰色，背上淺褐，幸好，是無毒的滑鼠蛇，一．五公尺長，由她身邊滑行而下。

在這荒山上，不會有人來救她，幾天，甚至幾十天都不會有人知道這大斜坡下有一個受傷的人。她會在孤絕中虛弱下去，神智慢慢消失。著急的會有修、遠在臺灣的爸爸、媽媽。她不想變成荒山上的一具骷髏，只有靠自己了。在幽暗的光線中看見上方的斜坡有很多樹幹，還有突出的大石頭，可以借力，就雙手抓住一塊上方的大石頭，三肢並用往上移，每移動一點，左腳就劇痛。這樣子拖著身子移上山坡，跟時間競賽，爭取最後的天光。這旅程的艱辛，甚於她生平任何一場考試。

天全黑下來了，還是看不到上方的山徑，暗到連斜坡上方的樹幹也看不見了。她筋疲力竭地把身子橫在一根大樹幹上，只好在這裡撐著過夜。蚊子開始吸她的血，幸虧夾克口袋中有防蟲膏。

她領悟到每個人面對死亡的一刻都是孤獨的。她錯過和修過一輩子，兩個人在磨合中過平凡而幸福的家庭生活，錯過了！吃完午餐最後的對話是：「妳下午去哪裡登山？」「又管我幹什麼？我要做我喜歡做的事！」如果她願意被他的愛管束，就會告訴他這個山頭是目的地，命運就會不一樣。

馮月在夢和醒之間依稀聽見有人喊馮月！馮月！是修的聲音，她張開眼，什麼都看不見。她像一條抹布掛在鈎子上，身子掛在一根大樹幹上，她一手抓住樹幹側耳聽，遠遠傳來「馮月！」真的是修的聲音。她拚了命大叫：「修！我在這裡，大斜坡下！」

另一個聲音是用擴音器在喊：「妳不要動，我們叫妳，妳再答。」

一呼一應地過了約五分鐘，她看見有五條手電筒的光束掃射到這個斜坡。他們找到了馮月，她離山徑只有四公尺。時間是凌晨一點。

那天晚上，馮月躺在移動病床上，由手術室中推出來，住進病房。她的腳踝斷裂，開刀打了鋼釘，上了石膏。肋骨斷了一根，還有其他多處皮肉傷。李修身坐在她床邊問：「麻醉藥效快消了，腳很痛嗎？」

馮月抓住修身的手：「修，我想通了，出院就跟你去法院註冊結婚。以後慢慢再辦香港的、臺北的喜酒。」

他的眼睛亮了，俯身在她額上一吻，問：「太好了，妳為什麼改變主意？」

「我想，面對死亡教了我一些東西，許多事情不再重要了。以前不喜歡你管我，現在，管我、不管我都是好的。以前博士口試很重要，現在跟你好好生活更重要。對了，你怎麼知道我會去那個山頭呢？」

「兩個月前我們一起去那個山頭的時候，妳說那是全港最美的群山日落，妳要自己一個人來跟群山獨處。」

「連我說一句話都記得，你真好。你已經四十個小時沒睡覺了，快在這沙發上睡一下罷。」

真的，經歷了跟死亡只有一紙之隔，像馮月這樣感受敏銳的人，是會珍惜該珍惜的。

——二〇一七年二月

車禍中的奇蹟

這是初秋時節，落日時分，但天還是透亮的。馮燕坐在一輛賓士C350上，車駛在連接基隆和金山的基金公路山中路段，盤旋繞轉。這是禪修營結束時隨機分配的，開車來的人各自帶幾個沒開車的。駕賓士車的是車主趙先生，一家外貿公司的老闆，旁邊坐著他的朋友，經銷電子產品的洪老闆。後座右邊坐的是作家馮燕，左邊是一家出版公司的女總編輯。這次參加禪修營的學員不是中小企業主，就是藝文界知名人士。七、八輛車駛上寺院的聯外道路，接著上基金公路東南向駛去，開到基隆再轉國道去臺北，然後各自回家。

馮燕一向貪戀山中景致，基金公路在山上盤旋有如九曲迴腸，觸目是一山一山的深綠。坐她身邊的女總編正在打盹。馮燕由左邊車窗和前車窗望出去，他們正駛下一座險峻如螺絲釘的山峰，車由峰頂盤旋而下，已經下到第三個圈，馮燕看得見方才經過的兩層旋路，兩層之間隔開約十公尺。

忽然她看見上面一層的路上出現一輛小貨車，亮著螢火蟲一樣的前車燈，剎那間貨車飛離車道，在她眼前騰空降下，落在他們車前面，撞到賓士車左前方，衝向左側的車道，在馮燕的視線以外，貨車在賓士車後面撞了陡坡，再打了一個三百六十度的圈，然後撞向賓士車的尾部。開車的趙老闆急忙煞車，賓士車功能好，一煞兩部車都停住了。

賓士車上的四個人受了驚嚇，呆坐了幾秒，前座的兩位親眼見貨車由空而降，衝撞自己車的車頭，接著感到車尾被追撞，車子前後急晃，因為兩個人都綁了安全帶，沒有受傷。後座的兩位沒有繫安全帶，馮燕清楚看見貨車飛下來，她的身體本能自然地挺住，沒有被拋起來。馮燕聽見左邊傳來碰一聲，是女總編在睡夢中頭撞到車廂了，女總編睜開眼不知道發生了什麼事，只覺得眼前一暗，頭有些昏。

馮燕第一個反應是，她應該立刻離開這輛車，腦海中出現電視片中火燒車的車禍場面。她一推車門，打得開，就立刻下車。這時前座的兩位老闆由右車門下了車，因為左車門撞凹了，打不開。他們三個去查看左前方被撞的部位。不得了！車左前方的鋼殼連車燈整個被削下來，飛到對面車道外的山腳下。趙老闆忙用手機聯絡賓士車行來拖車回廠，洪老闆則打電話去警察局報案。馮燕看女總編還沒下車，就過去打開車門，見她還坐在裡面發呆，就把她扶下車。女總編說沒事，就自己去站在路邊。這時左右車道的車都停下來了，兩條線各停了二、三十輛車。賓士後面原本就跟了四台禪修營學員的車，他們都下車來探視，看見兩輛相撞相頂的車，整整齊地排在右車道上，有兩個學員主動去指揮交通，讓雙向的車使用左車道通行。

馮燕跟著大夥去看貨車的情況，是一部舊的藍色小貨車，後面空著沒有裝貨。前座只有司機一人，他正低聲哀哀地叫痛，兩邊車門都撞扁了，有人試著開門打不開。司機四十歲左右，臉色暗黑。他還活著真是一個奇蹟。他開的車道之下，是四十五度的峭坡，發生車禍的公路之下，更是直下的峭壁。只要貨車飛下來的角度稍為偏一點，就會墮入山谷，車毀人亡。如果貨車飛下來與賓士車正面對撞，這場車禍可能奪走五條人命。貨車撞了賓士後，沒有鏟進山腳，居然在窄窄的雙向車道上打一個三百六十度的圈圈，咬住賓士車尾，安靜地停下來，這更是匪夷所思。你說這場車禍會有這種結果，是不是只有一億分之一的機率？

半小時後警車和救護車到了，消防隊員用電鋸鋸開貨車車門，司機一條腿卡在壓縮的車頭裡，救護人員救他出來搬上了救護車。方好其他禪修營學員的車裡有空位，女總編上了其中一輛。兩位老闆和馮燕上了另一台休旅車，一車六個人。除了馮燕，另外五個人一路上興奮地談論方才的車禍。馮燕方才似乎鎮定，上了車才浸在驚慌情緒之中，所以沒出聲。那五個人的對話有兩句打進她耳中：「那個司機本來是必死的，是你們車裡四個人，才修禪過，福報大，救了他。」賓士車車主趙老闆說：「是一個奇蹟，一定有護法在場，我們車裡不知哪一個是那個在未來會非常重要的人物！」

馮燕想那一個人不會是賓士車車主，因為他在事件中損失慘重。隨後幾個月她由學員的電郵中得知，女總編第二天進了醫院，三進三出，還請了長期病假，因為嚴重的腦震盪。貨車司機割了一條腿，當時出事是因為他開車打瞌睡。馮燕想趙老闆說的那個人會不會就是她？

從此馮燕有了一種使命感，她更用心地學習佛法，在作品中努力表現正面思維，在人間種下善因，她成為著名的佛教作家。十年後有一天她看一個美國電視節目Survivor，中文譯名是「倖存者」。引起她注意的不是影片的內容，而是倖存者三個字。她一直以為自己是那個天神維護的、非常重要的人物，她忽然覺醒這是自我膨脹，她只不過是一場車禍的倖存者，能夠活下來，沒有受傷，是運氣，餘生她應該用來感恩，用來學習瞭解自己。

——二〇一七年八月

美人的一生經驗

在大學的女生宿舍門口，最近早晨站崗的男生忽然多了起來。平常只是五個八個男生單槍匹馬各自等候自己的女友由宿舍出來上課，然後一對一對地走向課室。近來的變化是多出十多個男生站在十公尺外大門的對面，在一排夾竹桃樹之前，他們都盯著大門望。更奇特的是，每一天有這麼一群人，但是其中一半常換新面孔。後來在傳說中他們被稱為「花王衛隊」。

林牡丹是大一新生，鴨蛋形的臉，纖麗的五官配上臉型作最佳組合，皮膚細嫩，白牡丹花瓣似的，白中泛出一絲粉紅。她走出宿舍大門，對那十多個男生，不疾不徐地輕掃一眼，神色從容走過去。男生們一個個睜大眼睛，對她無瑕的容貌身形，掃描式地鑑賞。她天天穿單色的連身洋裝，裙長總比那個年代流行的迷你裙長一點。他們發現，她的洋裝都屬牡丹的花色：嫩白、淡紫、粉紅，有時甚至穿鮮黃、豔紅。林牡丹是名門之後，臺南林家最旺一支的千金。其實敢追她的人不多。大多數男生只要能跟她說幾句話，享受片刻她花容光彩的照射，就滿足了，在男生之中就有話題了。

一開始女生們對她充滿妒嫉和敵意，她把她們全比下去了。但是林牡丹的美不冶豔，也不性感，她們漸漸也能由客觀的角度欣賞她的美和她不驕傲、不自大的個性。但是四年下來，她交到的同性朋友只有兩個，因為跟她接觸的時候，女同學總會意識到自己被她蓋過。其實林牡丹聰明而敏感，女生對她心底的妒意，男生對她膨脹的崇拜，她全知道，而且感到相當大的壓力，但家庭教養培育她如何不露聲色，大方應對。在歷史系她年年都是班上前三名。最後在追求者中，她挑選了藝專音樂系畢業的、出身富裕家庭的陳文治，那時他已經在臺北市交響樂團任第二小提琴手。林牡丹一畢業就在雙方家長的催促下結婚了。

二十年過去，陳文治已出任交響樂團的指揮。林牡丹坐在演奏廳第十排中央，替丈夫接待貴賓，左邊坐的是高教司司長，右邊坐的是臺南藝專的校長。她總是那麼從容得體，打扮雍容而不華貴。單色的套裝，用上好料子訂做的，夏天麻紗料，冬天山羊絨料。套裝的顏色依舊是牡丹的花色。耳上常戴丈夫送的那對兩克拉鑽石的耳環，她的氣質把外交界頂尖的夫人都比了下去。她依然在臺大教書，但是現在已經沒有年輕人加入花王衛隊了。記得多年前拿到博士學位在系上開大一通史課，註冊名額六十人，上課卻擠進一百人，多出的男生可以說是註冊進了花王衛隊。她眼角飄到坐在音樂廳她身後一排，有一對夫婦用鼻尖對她指指點點。男的說：「我當年就是花王衛隊的一員啦！」女的說：「還保養得不錯，很端莊。」林牡丹想，還要等二十年罷，那時才不再會有人指指點點。

又過了二十年，林牡丹著黑色套裝，耳上沒有戴那對鑽石耳環。靈堂正中央的照片是她挑的，陳文治三十五歲出任指揮時的照片，端正的方臉意氣風發。她在家屬席上帶兩個兒子、三個孫輩答禮。她雖然六十多了，聽覺依然靈敏。弔客席中一位三十多歲的女人跟另一個女人說：「我爸說她當年是校花，完全看不出來，臉那麼長，嘴巴太大了。」林牡丹還認出一個高她兩屆的校友，聽說他選上中研院院士。他正望著她，被她捕捉到眼中的惋惜和失望。她煩惱了，丈夫過世打擊已經夠大，還要在公開場合受這種傷害。歲月當然會改寫面容，額頭髮線退縮，人削瘦下來，臉自然拉長了。她決定下個月去美國跟兒子住，遠離華人圈。

林牡丹在美國生活不到一年又匆匆趕回臺南，因為她父親病危。父親告別式的法事是由臺南大悟寺辦的，她有緣拜見了住持殊老和尚。次年的農曆年年初一，她到大悟寺當義工，穿著白色寬鬆的運動裝義工服。九十多歲的老和尚在大客廳見信徒，林牡丹跟著幾位出家、在家弟子為賓客奉茶，奉完茶她垂手立在老和尚的大椅子後面。老和尚指著她對七、八十個信眾說：「這位是臺大歷史系的林教授，她跟你們一樣在學佛法。」七、八十個來自各界、各階層的人抬頭望著她，眼中流露出認同和歡喜。林牡丹第一次在人群的注視下感到如此自在。

——二〇一五年三月

校園美女

葉雲進港大讀大學一年級的時候，引起一陣轟動。她讀的是商學院的會計金融科，幾乎全商學院的男同學都找機會看一眼這位美女：杏仁臉，精美的五官，自然紅的唇，牛奶般的皮膚，不高不矮一百六十二公分的個子，身材合度，而且嘴角常帶微笑。開學第二週她加入了養老院的義工隊，這消息一傳開，大家想，這是一位天性純良的美女，她真是最理想的女友人選，心動的商學院男同學就更多了。

每次她下課步出教堂，就會有三、四個男同學湊上去跟隨左右，有的邀她參加社團活動，有的問她方才上課教授給的功課，有些熟一點的開始約會她。葉雲和顏悅色一一回答他們，如果是約會她，就顧而言他，給他一個軟釘子碰。她一年級下學期答應過商學院兩個三年級同學出去晚餐，一個是同一專業高大帥氣的秦同學，另一個是英俊的富家子，讀國際工商管理的林同學。兩個人的競爭趨白熱化。當秦同學知道林同學前一天晚上向葉雲告白了，但她還沒正式答覆，他當晚就約她去港大山上的柏立基學院，在古色古香的廊橋上向她表白，葉雲微笑地點了頭。第二天開始，校園多了一對奪目的情侶。可是令大家不解的是，過了一個半月兩人的戀情便結束了。她還是淺淺地微笑，他還是酷酷地去體育館健身。兩個人都隻字不提分手的原因，只是商學院的男同學再也不蜂戀花似地湊過去了。

葉雲二年級的時候，港大理學院和工學院有幾個高班生常來找她，一位電機工程系四年級的同學對她猛烈追求，她接受了，兩人在校園常出雙入對。但是過了兩個月，就分手了。她美麗如昔，打扮更有品味，只是微笑淺了些。葉雲三年級的時候，參加大專聯校的公益行，科技大學一位數學經濟學系四年級的學霸，對她一見鍾情。這次她比較小心，避免兩人成雙地在校園出現，引人議論。他們常在公園散步，然後晚餐。頭一個月非常甜蜜，一星期見兩、三次，但過了一個月，對方的邀約越來越少，最後也分手了。葉雲現在不再微笑，常若有所思。她想，自己希望男友在入睡前來電話談心，希望男友仔細安排約會，這應該不是過分的要求，不少女同學也這麼要求她的男友。以前幾次戀愛告吹，問題出在哪裡？

她三年級的歲月接近尾聲，上午考完期末考最後一科，回到宿舍收拾行李，準備第二天跟三個室友到臺灣自助旅行一週。忽然手機響了，是表弟由湖南長沙打來的長途電話，說她母親中風進了醫院。葉雲頓時哭出聲來。表弟說不要緊張，因為並不嚴重，已經檢查出只是輕度的缺血性腦中風，下午就可以出院了，只要定期做復健一兩個月就會復元。葉雲立刻取消臺灣之行，當天下午就飛回長沙。飛機上她忍不住流淚。這五年來母親是她唯一的支柱，父親在她高一的時候病逝，他生意做得很大，留給她們母女大筆的遺產和無憂的生活。父親過世的時候，她很傷心，但這次母親只是生病，她卻感到天塌下來了，她多麼依賴母親。昨晚在視訊上母親還叮嚀她士林夜市哪幾攤不能吃，因為煎炸用的油不夠新鮮。

葉雲走出機場，不見表弟來接機，但有人叫她的名字，是她高中的同學袁立，他和表弟都在湖南大學就讀。高大的袁立接過她的行李，笑著說：「妳表弟不能來，託我來接妳。」他的笑容像夏日陽光，有些灼熱：「妳別苦著臉，妳媽沒事，她還想跟著我來接妳，給我擋住，叫她在家休息呢。」

當葉雲坐進袁立的車子，他說：「妳知道能來接妳，我有多高興嗎？」他的表情、聲音都散佈一種溫熱，葉雲忽然察覺，每一次都是這種溫熱令她融化，這次她要重蹈覆轍嗎?袁立伸手過來幫她繫安全帶。她說：「謝謝，我自己繫。」他點頭笑笑，並不介意。她這才知道拒絕人不一定會傷人，以前她怕傷人，總不太敢拒絕人。

葉雲打開家門的鎖，母親由臥室走出來，她跑過去張開雙手一把抱住母親，母親楞住了，感到意外，這是有生以來第一次被女兒抱在懷裡。女兒著急地問：「媽，身體怎樣？」她們兩人在大沙發坐下，袁立也在單人沙發坐下。母親拉住女兒的手說：「一早起來，發現左手手指、左腳都有點發麻，頭左邊有點暈，我就坐出租車去醫院掛急診。醫生說只是小血管堵塞，已經有側支循環血管運行，所以不是問題，女兒，別擔心。」她用手環住葉雲的肩說：「等下給妳做宵夜，紅油抄手，袁立也留下來吃。」

羞愧在葉雲心底滋長，她咽哽著說：「媽，不要再忙了，好好當妳的病人罷，我去沏茶。」她一個人跑進廚房。正燒著開水，她忽然想明白了，二十年來母親一直是裹住她的暖流，當她交男友時，她就轉移了這種暖流模式，要求對方時時刻刻關注她、照顧她。她把自己變成男孩子害怕的黏人女孩了。是時候破繭而出，輪到她給母親溫暖，將來交男朋友，自己也要學習獨立了。

——二〇一七年九月

畫和心

在琴打電話去跟他分手的那個晚上，她就把那幅畫由客廳牆上拿下來，放進小貯藏室，插進一列豎放的畫之中。那是一幅他畫的水彩風景畫。他對人生是貪心的，就是一般人說的，藝術家總是感情過於豐富。他在兩個女人之間擺盪已經兩年了。每一次他盪向另外一邊，她就失落地活著，腦中不時襲來他與那個女人在一起做什麼事的想像，琴的心被蠶蝕。終於在他又一次擺盪到另一邊的時候，為了救自己，她決心離開他。琴撥電話說：「以後不要再見面了。」他的聲音已經沒有以前的溫熱：「我下星期來找妳。」「不要來，我不會見你。」他沒出聲，她把電話掛了。口中割捨了，心中當然沒有，心的傷口流血，眼淚流了兩個月，每天晚上都哭著入睡，白天吃力地照常運作。多年後琴才知道那幾個月她患了憂鬱症。

過了十多年，琴快四十了，已經結婚，嫁了位土木工程師，沒生孩子，夫婦各自忙自己的工作。有一天她回到自己婚前住的大樓那個公寓找一幅畫，找的那幅畫就豎立在他那幅水彩畫前面，雙眼一觸及畫中的山和山腰的亭子，心中劇痛起來，那些失落和蠶蝕的情緒一下子湧上來。她趕緊用另一幅畫把水彩畫蓋住。這幅畫應該永遠埋在這裡，琴想。

十年又過去了，琴五十歲了，丈夫心臟病過世。她恢復單身，把透天厝賣了，搬回自己四十坪的大廈公寓。她也交往男友，但無意再婚，女人結過婚就不再怕老處女的標籤了。在報上常常看到他在國內外開畫展的消息，名氣愈來愈大，畫的價格也節節高升。她搬回去住，佈置家的時候，去小貯藏室找畫來掛，那幅水彩畫進入她眼中，這次她敢正視它了。雙手拿起來看，一連三座山，中間的山峰在前，山腰的亭子覆蓋橙紅色的瓦，在漫山翠綠的樹木和淺藍的山嵐之中，亭子成為矚目的焦點。亭子中坐了兩個人，都著豔黃的短袖運動衫和牛仔褲，就是他們那天的裝扮，男人的手環在女的肩上。這是在他們同遊中部橫貫公路後畫的，那是上谷關的山。前幾年九二一大地震，亭子一定斷塌成平地了。其實是畫他們爬完這座山，下山到山腰坐在亭子中休息的情景。而之前半小時，他們在山頂上，那是琴一生中唯一的一次感受到天地的融合。他們坐在山頂一塊大石頭上看風景，壯闊綿延的群峰。他叫她平躺在石頭上，他大字地壓在她身上，她不覺得重，因為他的胳膊和小腿都在地面上卸去了體重，他們沒有動，沒有任何撫愛的動作，只靜靜地，面對面地一個仰臥，一個俯躺。琴感到她自己與山石合一，而他是在與大氣合而為一呢。這一刻，琴看出來了，他這幅畫其實是描繪這種合一的感覺。藍天占畫面的五分之二，三座山美麗彎曲的山線與天空嵌合，三座山峰後面遠處的群山，自然地融入了天空的藍色。但是第二天下山回到城市後，他又失蹤了三個星期，擺盪到另一邊去了。那三個星期在心痛和失神中度過。琴匆匆把畫插回其他畫之中，分手已經二十多年了，心還是痛的。

有一天琴在電視上看見畫家去世的消息，是肺癌，他比她大八歲，享壽六十九，以畫家來說，走得算是早。他五十多歲才結婚，太太是崇拜他的學生，身後有一子一女，在念初中。知道這消息後一個星期天的晚上，琴到小貯藏室把他那張水彩畫找出來，拿到書房去看，這是分手三十多年她第一次主動去看這幅畫。她發現這幅畫的優勝之處，在山樹的色彩綠得變化多端，山嵐充滿了水分，天上一團團白雲，透著金陽的光線，正在移動。亭中的兩個人，眉目如畫，但看不出是他們兩個人，姿態自然而舒適，你說他們是天下任何一對融洽的愛侶都可以。她明白了，一切都是為了畫出一幅又一幅有內涵、有真實感覺的畫，他不斷地認真去活，認真地去感受他的感覺，他專注的是感覺，不是他眼前的女人。這是成為成功藝術家的祕訣之一。琴決定把這幅水彩畫掛出來，就掛在客廳通主臥室的走道上，每天她一定會面對這幅畫，她要訓練自己面對過去，面對她害怕到要藏到潛意識層的傷害和委屈，這樣才能朝成熟前進。初時面對這幅畫，眼睛還稍稍有點刺痛。

過了一年，當琴走進臥室，眼睛與那幅畫不期而遇，它只是幅美麗的畫，像家裡的其他畫一樣，成為她雅致風韻的延伸。

——二〇一六年四月

癡

五個人守在蔡母的床邊，各自坐在一張折疊椅上：大女兒信芳和她先生林文煌，信芳的弟弟信雄和他太太美月，以及妹妹信惠。蔡氏姊、弟、妹的臉上都流露出焦慮。大姊信芳走到床邊，用手把母親的頭再向左側傾一點，以避免氣管阻塞。她看見母親的眼皮在動，正試著睜開眼。信芳對另外四個人喊：「醒來了！」信芳的目光投向丈夫文煌，文煌正盯著岳母的臉。

母親睜開眼，信芳把她的頭在枕上擺正。她的臉色蒼黃，眼角的皺紋只餘下三條深痕，在昏迷中她是放鬆的。母親的眼珠子轉動著，由信芳的臉轉向另外四個人，目光停在兒子信雄臉上，頃刻射出光輝。原來她在找信雄。母親的聲音虛弱：「阿雄，你開車來的？」

信雄湊到她身旁：「一知道妳昏倒，立刻和美月開車來的。」

母親說：「累到你了。」然後轉向女婿文煌：「阿煌，把柿餅給阿雄。」信芳瞪她丈夫，丈夫避開她的目光。

信芳一聽到柿餅，氣到呼吸急促起來。那盒柿餅是同事去韓國旅遊帶回來送她的伴手禮，她給爸爸，講明是讓父母享用。沒想到母親藏起來給兒子吃，還故意不給她知道，叫女婿去執行。信芳記起，上次她買兩個進口的富士蘋果給父母吃，等兩個星期後阿雄由新竹回高雄，母親才由衣櫃裡翻出來，早就爛了。信芳滿心的委屈，送父親、母親去急診的是誰呢？母親躁鬱症發作，摔東西的時候，是誰安撫她呢？

母親說幾句話累了，又睡著了。

信芳以大姊的身分命令式地說：「阿雄、阿惠跟我來。文煌、美月，你們守在媽旁邊。」

信芳把弟、妹帶到醫院那層樓的小會客室，因為是早上，裡面沒人。她壓低聲音，堅決地對信雄說：「阿雄，我照顧父母已經三年了，現在輪到你了。阿惠等她結婚再輪。阿惠每星期都由屏東來三、四次，算盡了力。」

信雄知道姊姊今天會發難，他一副說理的樣子：「妳是學護理的，沒有比由妳照顧更適合了。」

信芳立刻反駁：「你是長男，沒有比你照顧更合理了。」

信雄說：「我不是替妳出錢僱了菲傭，也出了父母的生活費了嗎？」

信芳說：「我也出菲傭錢，也出生活費，父母搬去你那裡。」

信雄說：「我們真的不方便，請妳幫忙再照顧兩年罷。」

信芳大叫：「什麼？兩年？你這個長男做了什麼？兩個月來一次，叫母親思念兩個月，你來了好當心肝寶貝？」

信雄胸有成竹：「美月懷孕了，兩個半月了，所以這兩年沒有辦法，我們要照顧我們家族第一個孫輩。」

信芳氣得說不出話來。她結婚五年，還沒有生，信雄結婚才兩年就開花結果了。這時她丈夫文煌跑進來說：「媽又醒過來了，在找阿雄。」

他們四人回到病房，阿雄一進房門，母親的眼睛就逮到他，霎時充滿歡喜。阿雄走到床前，執住她的手：「媽，妳這個月怎樣？」

媽的眼角掃一下阿芳：「被你姊虐待呢！她什麼都管我，不給出門，不給吃好的，對我很兇，常罵我。」

阿雄笑著說：「阿姊都是為妳好，妳要聽她話，一定是妳偷吃東坡肉才會小中風。」

母親有點撒嬌的意味對兒子說：「才沒有呢！」

阿芳又氣得呼吸急促。母親的狂躁一發作，就變得不可理喻。有一次父親去做復健，母親非要跟去，菲傭一個人是無法照顧兩個老人。阿芳只好擺出嚴母的樣子斥責母親才奏效。現在反而變成罪證。阿芳轉頭看丈夫，他的眼中有同情和鼓勵，阿芳的怨氣平復下來。

阿雄握緊母親的手：「媽，有個好消息，妳要抱孫子了，美月有了。」

母親眨了一下眼，消化了消息，向美月望去，卻不是歡喜的眼神，而是帶點戒備。一剎那間阿芳明白了，母親愛兒子，占有欲強到孫子都不那麼重要，重要的是懷孕的媳婦會分走兒子更多的眷顧。阿芳想，這是一種強烈的癡啊！直到兩年以後三十四歲的阿芳懷孕了，她無時無刻不需要丈夫的關愛，才領悟到自己的癡不下於母親的癡。癡不是還一輩子，也要還半輩子。

——二〇一六年十二月

三次道歉

啟白張開眼，只他一個人，麗明不在床上。已經九點半了，今天是星期六，可以無牽掛地要睡多晚就睡多晚。對了，昨晚和五個大學同學聚會，六個三十歲的男人幹掉三瓶威士忌。依稀記得昨晚回來跟麗明吵過架。他由枕上坐起，低頭看麗明平時睡的位置，床單上一點皺紋也沒有，顯然她沒有睡這裡，結婚兩年只有他們其中一人感冒了才分床，此事非同小可。他皺起眉，兩人到底吵什麼？記得他進客廳沒看見她，找到她在書房列印東西，帶著酒意他數說她不盡太太責任，阿冠的老婆會像韓劇中的太太，泡蜂蜜水給老公解酒，她沒泡；她不會做菜、不會撒嬌，後來還講了她母親，怪不得她生氣。他趕忙下床找她。

麗明在準備他的早餐。烤麵包、煎荷包蛋、一杯蘋果汁，正把一杯沖好的即溶咖啡放到餐桌上。桌上沒放她的早餐，應該用過了。他忙由她背後用雙臂摟住她，他知道女人要用這種溫暖來融化。麗明卻見招拆招地用雙手格開他的雙臂，面無表情地走向書房。他趕忙用一句「老婆對不起」來止住她的腳步。麗明站定，側過臉，眼望前方，好像望著牆外看不見的天空，他匆促地說：「昨晚喝多了，一定亂說話，老婆請妳原諒我。」她板著臉聽他說完，等了兩秒鐘，就走進書房關上門。

啟白知道她真生氣了，因為連一句罵他的話也沒說。為什麼生大氣呢？想起他們結婚前的約法三章，他答應不做大男人。約定家用兩人均攤，約定早餐她做，每週四天晚餐他做，其他在外晚餐約會。另外請鐘點工來清潔和洗衣服。昨晚自己大男人式地叫她做蜂蜜水、抱怨她不會做菜，是自己不遵守約定，要去道歉。

啟白開門進了書房，沙發床打開還沒收，上面放著疊好的床單，她坐在書桌前沒回頭，他在旁邊坐下，認真地道歉：「麗明，是我不對，我們講好夫妻平等，昨晚卻抱怨妳沒有做好傳統的太太。因為喝了酒，在潛意識層的大男人思想就跑出來了。我會反省如何真正做好平等對待太太的男人。」

麗明抬頭望進他的眼睛，這是早上她第一次正視他：「我不會因為你說過的這些話而生氣的。你比很多丈夫都開明、負責。喝了酒發發牢騷也正常，但是我不能忍受你侮辱我媽！」

他頓時張口結舌，他怎麼會侮辱她母親？依稀記得他是講過她母親，他困惑地問：「我說過妳母親什麼？不記得了。」

她口氣結冰般冷：「如果你記得要我沖蜂蜜水，你也應該記得自己詆毀我媽的話。」說完站起來，把列印好的一疊紙交給他，然後快步走出書房。

啟白呆了片刻，開始翻看這一疊紙，是有關糖尿病患者該注意的各種事項。這是因為啟白的父親前幾天診斷患了糖尿病後，啟白叫麗明準備的資料，因為她有這方面的知識，她是學護理的，在一間大學任衛生護理中心主任。原來他醉醺醺進書房的時候，她正在列印為公公準備的筆記，而他卻數落他的岳母。他忽然記起昨晚的對話了。

「又在忙妳自己的工作！知道我會喝酒，為什麼不泡蜂蜜水？還是阿冠的太太對他好！」

她笑嘻嘻地說：「對，對。最好跪著給你送上拖鞋。」

他藉著酒意鬧：「妳又不會做菜、又不會撒嬌，都是跟妳媽學的，就是因為妳媽這樣，妳爸才會離開她。」

麗明的臉刷一下紙般地白：「你怎麼可以胡說！在我大學畢業以前，她為了帶大我們三個孩子，白天在工廠做工，晚上在雜貨店上班，哪有時間做飯？我不會做菜，是我沒天分。」

他自顧自地抱怨：「妳怎麼老回娘家看她！我替妳把娘家房貸餘款一次付清，就為了安頓好她，讓妳跟我在一起。」

「我媽肩痛得厲害，我幫她按摩，不應該嗎？我不是每週都替婆婆按摩嗎？兩年前就說房貸不需要你幫忙，我和弟弟都在做事，分期付款不是問題。」

他發起酒瘋來：「我的錢也是辛苦存的，妳母親只謝過我一次，她很貪心。」

麗明發火了：「你怎麼可以侮辱我媽？侮辱我，可以忍，我媽不行！」她衝出書房，出了大門。他回到臥室，倒頭就睡。

啟白想，的確是自己堅持要付清麗明家的房貸。他們小夫妻住的大廈公寓是他父母送的。但是婚後這兩年添置的彩色列印影印機、第二部電視，都是麗明自己出錢買，而且是岳母授意的。自己為什麼抹黑岳母呢？是不是自己的女人，不論身心都要全部占有？自己是有點病態？硬要付房貸，是要買斷她女兒嗎？這不是封建思想？他想麗明一定氣瘋了！

他衝進臥室，她正在收拾行李。他抓住她手臂：「我不應該冤枉妳母親，她是個大方的人。是因為妳那麼愛她，我嫉妒了。她是位了不起的母親。」

麗明沒有甩開他的手，她眼中流露一種釋懷。

傷害了人，要真正安撫人家的心頭之痛，道歉是不夠的，需要非常認真的反省和對對方的體貼，不是嗎？

——二〇一七年六月

第二輯　春陽

求婚

那年他五十六歲，她五十歲。他們住在一起已經一年多了。在他的女兒嫁了沒多久，她就搬進他的四層樓透天厝。他們初識就感到只要在對方的身邊，心情就會愉快起來。對人生，兩個人都有充分的理由怨恨。她為了兩個孩子，忍受丈夫在外面有另一個家，忍受他的語言暴力，終於在小兒子進大學那年，離成了婚。他娶的富家女受不了物質欠豐裕的日子，趁著自己年輕，離婚而去，把女兒留給他養。所以兩個離了婚的人，初識沒多久，心就安頓在對方身上。但這半個月來，兩個人臉上的表情起了變化。他曬得黝黑、清瘦勁挺的臉上常出現若有所思的表情。在獨自的時候，她蓉長秀麗的臉總是憂愁的。因為診斷出她患了第三期乳癌。

兩個人飯後坐在二樓客廳沙發上，他站起來把電視機關了，坐到她身邊，直視她雙眼說：「安秀，我們結婚好嗎？」

安秀望著他，眼中淚光一閃：「還是不要，像過去一年也很好。現在孩子還不能完全接受我們住在一起。俊義你知道的。」

他們同時想到今年年初過農曆年，兩人得分別跟自己孩子過年的事。俊義說：「妳兩個兒子，我一個女兒，都在工作了。不是結了婚，就已經有女朋友了，他們會懂的，尤其是知道了妳得了病。」

她的面容忽然僵起來了。是的，她得乳癌三期，腫瘤直徑三・五公分，已經轉移到腋下淋巴結。下週做切除乳房的手術，自己將會只是半個女人。之後還要進行痛苦的化療。她堅決地說：「我們不應該結婚，我不想拖累你。」

俊義急忙說出壓在心底一年多的話：「我要給妳正式的名分。這一年妳委屈了，我知道親戚朋友都在說閒話，太委屈妳了，我本來就要娶妳，我一直都要娶妳……」

她打斷他：「這個年紀了，說就讓他們說去。我們還是不結婚罷。做太太，要健健康康地，能照顧你才對。現在這個樣子，還做什麼太太。」

於是她拒絕了他的求婚。

之後五年她先割去右邊乳房，接著進行化療和放射線治療。然後復發，又割去左邊乳房。身體一直承受巨大的痛苦，但是她的態度正面積極，因為兩家人的心竟聯合起來了。每次她住院，俊義和她兒子、兒媳婦輪班在床邊照顧她。出院住俊義家。只要不工作，他全天候照顧她。五年來都是兩家人一同在透天厝吃團年飯。安秀的媳婦，還常替俊義的女兒去幼兒院接小孩。雙方家人早就接受了他們的同居了。

俊義六十一歲一個夏日，在工地指揮工人的時候，忽然昏迷倒在地上，救護車把他送去醫院急診室，診斷出來是肝癌末期。他知道自己病情時，並不意外，因為這一個月，體力愈來愈差，腹痛也加劇。但別人卻看不出來，因為他本來就瘦，皮膚本來就黑，分不出是曬黑的，還是肝病的黑暗膚色。安秀一聽診斷結果，內心後悔不已，他比以前更削瘦，肚子痛的情況更嚴重，她怎麼沒有警覺呢？

安秀進入病房的時候，俊義的女兒和女婿都在，他半坐半躺在床上，虛弱得像枯草，看見她進房，眼睛亮了起來。她也不管晚輩在，一把摟住他，淚不停地流。女兒、女婿識趣地出去了。安秀哽咽地說：「是我把你累壞了，工地回來，那麼辛苦，還要照顧我……」

俊義拍拍她的背，知道她心疼他，就像他心疼她一樣，現在他們可以一同面對死神了。他用手撫住她的背，前傾向著她伏在胸口的臉說：「我們可以結婚了嗎？」

她抬頭近距離望著他：「是，我們結婚。」她想，現在兩個人一樣有重病，登對了，我們可以一起走最後一段，你一離開我會跟著來。

五天後，他們在醫院成婚。護士把俊義的病床推到醫院餐廳。子女親友來了三十多人。雙方子女還情商臺南縣戶政事務所的職員，到醫院來辦理公證結婚手續。醫生、護士十多人來道賀。醫院餐廳擠得滿滿的，喧嘩熱鬧。當俊義、安秀一同切蛋糕時，掌聲震耳。是的，在人生各種艱辛痛苦之中，幸福的片刻不僅存在，而且沛然如春水。

——二〇一六年八月

復建中心的重逢

社區醫院裡的復健中心是個很有意思的地方。病人多的時候，滿滿一百人在接受治療。在這裡各種機器把骨頭痛、肌腱痛的人收集在一起，他們身上纏著多條線路，做電療、短波治療、超音波治療，還有人被機器綑綁仰臥著拉腰，有的僵坐著吊脖子。幾個復健師穿花蝴蝶一樣忙著綁人、電人。病患彼此是陌生人，卻要把自己不雅的形象讓人盡覽，個個臉上一副逆來順受的表情。

智純患了肌腱炎，由右邊大腿痛到上面的股部，都因為她個子太矮。由三十歲起，她開了二十多年的車，都要伸長腳尖才能踏油門、踩煞車，所以拉傷了肌腱。治療之前走幾步路都痛，現在治療了一個月，病情明顯改善。

這晚她坐在椅子上做電療，一位男復健師把四片單面黏貼的電擊片給她，每片一張名片大小。智純很熟練地把兩片貼在右股痛的地方，兩片貼大腿右側。你說怎麼可以讓男復健師來安裝電鈕釦到女患者的臀部呢？智純第一次來復健中心就引起一些不便，她穿一條過膝的長裙，那位男復健師上下打量她，叫正在忙著的女復健師幫她，女復健師忙完手頭的工作，帶她到一張臥榻旁，榻窄得像擔架，她叫智純伏躺，拉布帳遮住整個榻，再拉起她的裙子到腰部，露出大腿和迷你內褲，替她在股部和大腿貼電擊片。之後智純學乖了，她穿過膝的寬大裙褲來，可以把褲筒拉到股部，只露出狹長的一片肌膚，一安裝好電鈕釦就放下褲筒，即使是男護理師做也不尷尬。

智純坐在有靠背的木椅上做電療，這療程十五分鐘。她坐下不到一分鐘，女復健師帶一位男患者來到她旁邊的臥榻。男患者異常高大，他面朝下躺著，幾乎把七英呎長的臥榻整個覆蓋，他穿著白短袖運動衫、深藍短褲。他貼電擊片的部位也夠尷尬，是背後臀部和大腿交接之處，但是因為只要拉起短褲管就能貼，很方便，所以沒有拉布幔。

他們兩人共用一部電療機器。那個男人把枕在臥榻上的臉轉到智純這邊，坐著的她以四十五度俯角注視他側著的臉，兩張臉距離只有三十公分。她注視他的臉不到一秒鐘，他的目光掃過來，智純不好意思地移開視線。他的頭髮花白，高鼻深目，雖然額頭有四道橫紋，嘴角微微下垂，但可以想見以前一定很英俊，在他嘴角右下方接近下巴處有一顆紅豆大小的黑痣，智純覺得好像有一個認得的人，在這個部位也有黑痣，但想不起來是誰。

她眼角捎到他寬闊的肩膀，心中忽然浮現一個畫面，在黑暗、潮濕的山洞裡，她曲捲在地上，一個人把她抱起來，一個高大的男人，她額上的冷汗貼在他肩部汗淋淋的襯衫上，出了山洞在他懷裡的她抬起頭，望見他右下頷有一顆大黑痣。她想起來了，二十三歲的她考上了中山大學的研究所，為了熟悉環境，在開學前五天由澎湖坐船來高雄，入住女生宿舍，第二天早上去系上見了導師王教授。那晚要洗頭髮時，發現忘了買潤髮乳，就走下山坡，穿過黑暗中的紅磚校園，去校外的超市。

智純進入通向校外的山洞隧道，感覺好像進入幽冥世界，壁上微弱的燈光把黑暗渲染成一團團聚集的烏雲。前後一個人也沒有，隧道盡頭是一個閃螢光的小洞，不像白天隧道口像一隻白亮的燈泡。走到隧道中段，她忽然肚子劇痛，痛到只好蹲下來捂住肚子，還是痛，只好曲捲躺在地上，痛到大叫「啊！啊！」只聽見回音，沒有人來。

感覺上痛了很久，聽見有人說：「你哪個部位痛？」在微弱的燈光中看見一個高大的男人蹲在前面，她指腹部右下方，他摸摸她發燙的額頭說，「可能是盲腸炎。」他輕而易舉地把她抱起來，走出隧道，叫了輛計程車送她到最近的一家大醫院。記得在車上他問家長的電話，她說有，但是父母在澎湖。他問她是不是中山的學生，導師是誰？她呻吟著說是外文研究所的王教授，但導師的電話沒帶在身上。要知道一九八〇年代末還沒有手機，在計程車上即使知道王教授的電話號碼也無從聯絡。

到了急診室，那男人幫智純掛了號。值班醫師診斷她患了急性盲腸炎，需要住院，需要監護人來簽手術同意書。那男人借用護理站的電話，智純聽見他說：「你手頭有沒有你們大學的教職員通訊錄？查查外文研究所王教授家裡的電話。」然後他跟王教授通了電話。他走過來跟躺在擔架床上的智純說：「妳的導師二十分鐘後會到，我有事先走了。」他開朗地笑著，拍拍她的肩。她仍痛得六神無主，只向他點點頭。

她念研究所期間，用盡辦法找這位恩人，唯一的線索是他是大學某位老師的朋友，茫茫人海無處覓。沒想到三十年後會在復健中心遇到這位可能是他的人，但是她又不知道如何開口。猶疑了幾分鐘，她想，如果現在不開口，可能就一輩子錯過了。

她說：「這位先生……不知道你是不是我要找的人？」

橫放的那張側面的臉上全是問號。他看見近距離一張中年女人的臉，她是個瘦小的婦人，頭髮和服飾很修整。她趕忙說：「三十年前，在中山大學的隧道裡，我得了盲腸炎倒在地上，有位好心人送我去醫院，是不是你？」

他一臉迷惑，忽然恍然大悟：「是，有這回事，妳就是那個我送去醫院的小女孩嗎？」

這時兩人都做完了療程，男人坐在臥榻上。智純內心有如石頭落地的輕快，她說：「我一直在找你，要向你這位恩人說謝謝。」

男人笑著說：「不客氣。」那笑容像三十年前臨別的笑一樣豁達，人有些特質是時間改變不了的。

——二〇一八年六月

書院的嬰兒

他八個月大，小名山仔。起這個名字的原因，說來話長，在二〇一〇年代山仔生活在一間大學的一座書院中，大學位於澳門的中西部，叫氹仔區，氹仔是水窪的意思，所以他的爸媽就用互補法替他取了這個小名：山仔。你說大學怎麼連八個月大的嬰兒都可以入學、住書院？非也。山仔的媽媽是大雅書院的住院導師，在書院二樓有公務宿舍住，家人也可以入住，所以山仔合法地住在書院中，同住的有五百個學生和另外三位住院老師：書院院長、副院長，一位男住院導師。山仔也的確在大學入學，他就讀大學的托兒所。下午六點放學，他爸媽來接他回書院。

山仔具有山的特徵：肌肉結實，微胖，坐著像座小山；個性穩定如山；還像初春的青山，充滿活力。一個樂天的嬰兒。

書院是透過教育性的課外活動來培養學生的軟實力。因為他們白天要上課，所以活動通常在晚上舉辦。如果山仔的爸爸出差，不在澳門，山仔的媽就要面對難題了，正像這個晚上，書院舉辦一年一度大雅歌王初賽，山仔的媽必須擔任四位評審之一，那麼誰照顧山仔呢？因為書院的四位住院老師跟學生都很親，所以山仔的媽就把八個月大的兒子托給書院的學生會，一共出動了五位學生會幹事在大廳遠遠的角落照看山仔，他們輪流抱山仔，每個人約抱十分鐘，歌唱比賽持續了兩小時，抱山仔的幹事換了十二次手，山仔居然一聲也不哭，也沒有鬧，只有幾個片刻微微皺起他稀疏暢闊的眉毛，其他時間都笑嘻嘻的。

山仔的媽當然心繫兒子，她能專心做評審嗎？能的！能幹的她經常在心中同時處理兩、三個同學的問題，所以她能一心二用。她一面聽同學的歌聲、一面看他們的臺風，眼角會瞄一瞄大廳角落學生幹事懷中的山仔。她不擔心山仔怕生，也不擔心他會哭，因為山仔只有餓壞了才哭，比賽前才餵過奶。

喲，這地方好大，人好多，一個接一個唱歌。整個地方還閃著各種顏色、會移動的彩色星星，好漂亮。我旁邊有五個人，都像會蹦的氣球。抱著我的是一個大姊姊，她很會抱小孩，因為方才她由媽懷中接過我，懂得握住我的肋骨，她的胸很溫暖，她低頭對我笑，我也對她笑。這個大哥哥伸手來接我，用手抓我腋下，我身軀下垂，腋下很不舒服，他是個不會抱小孩的。他對我苦笑，要哭的樣子，我知道他其實很想抱我。我笑笑鼓勵他。

到山仔滿十一個月，有一天他參加生平第一次大宴會，在書院五樓院長寬闊的客廳舉行，活動包括自助晚餐和飯後茶會。其他參加的客人有書院的四位住院老師和三十多位同學，這些同學全部都曾參加書院之外的各種比賽，並榮獲獎項，這次宴會是院長為他們舉行的，祝賀胸懷大志的他們，勇於外出征戰，獲得勝利，有澳門大專辯論賽拿亞軍的，有全澳門壁球賽拿冠軍的，有國際花式溜冰拿季軍的。可是山仔卻成為這次宴會的主角。

長茶几前放了兩張花梨木的鼓形小圓凳，高四十公分，凳面直徑二十五公分，它們成為山仔表演的道具。山仔在客廳地面到處爬，每一停下來都有同學抱他。他爬到一張小圓凳旁，圓圓的小手攀上凳面，雙掌一按凳面，雙腿站了起來，他開始「波！波！」大叫大嚷，果然全場三十多人都望向他。等所有人目光都集中在他身上，山仔就鬆開雙手，山峰一樣地立著，原來他的表演節目是：「站立」！全場鼓掌歡呼。不到三秒鐘，山仔腿軟了，澎一聲坐下，臉上笑得不見眼睛。

那位男住院導師善於設計寓教於遊戲的活動，他決定讓山仔面對人生挑戰。他把兩張圓凳拿到一個九十度的牆角，置放兩張凳，讓它們和兩面牆形成一個菱形的小空間，再把山仔抱來放進這個小空間。山仔扶著一張凳面站起來，充滿好奇地望著滿屋子的人，自得其樂地笑著，忽然他不笑了，他想往前，卻發現自己被囚禁，出不去。他的雙眉鎖了起來。同學們想，山仔一定急壞了，要哭了。卻看見山仔用雙掌在感覺凳面，又用力推一下，凳子微微移動，笑容出現在他臉上，他用力推，圓凳緩緩移開。山仔脫困出來，全場掌聲雷動。

大叔把我抱到一個地方放下，在兩面牆、兩面木凳的中央，像個小小的家，有趣有趣。窗子好大，看得見一屋子的哥哥姊姊在喝東西。奇怪這小房子怎麼沒有門？沒有門要怎樣出去？當然要做一個門。啊，這面牆推得動，我是一隻運木頭的大象。哈哈成功做成一個門了。大家鼓掌，造門成功了！

有這樣一位媽媽，就有這樣一個獨立的嬰兒。她把山仔放到廣大的世界上，讓他跟人交往，讓他面對不同的處境，山仔可以很早發展他的個性、他的潛能。這座書院的學生肯定有一項獨特的才能：會抱嬰兒！這特長在一九九九年左右出生的獨生兒女世代之中非常罕有，未來他們會是有擔當的爸爸媽媽。這樣一個嬰兒，好奇一切聲光色彩，喜歡跟人互動、喜歡助人，在眾人前勇於表現自己特長，喜歡自己解決問題。將來他會是怎樣勇敢的少年！怎樣敢於創新冒險的青年！怎樣一個堅強的人！

——二〇一八年三月

手工洗車廠

杏雲一向在百貨公司地下停車場的洗車站洗她的豐田小轎車，洗車二十次的套票剛好用完。早上十點她開車去買菜，經過菜市場附近的一家手工洗車廠，心想把車子放下，自己走去買菜，回來就可以取車了。

她在路邊停了車走出來，洗車廠是個大鐵皮棚，約有四個店面大，棚裡停了三部車，洗車廠前路邊還有兩架。一個四十多歲的男人走出來，精瘦的高個子，一張黝黑的長臉，對她冷冷地說：「現在車多，妳要洗，下午四點再來。」

杏雲說：「好吧！」

那男人看了看她車牌，說：「我會抄下妳的車牌，下午四點，過年加價到四百五十元。」

杏雲想，過四天就是除夕，洗車一般都加價的，不如現在開車去辦別的事，下午四點再開車來，放下車去黃昏市場買菜。回想剛才那個說話斬釘截鐵的男人，「滿臉橫肉」四個字閃進她的腦海，其實應該是「滿臉豎肉」四個字，他一臉兇相。她想到四天前那件震驚全臺灣的大寮監獄案，六個劫獄的重刑犯，最後全部飲彈自盡。她想說不定這個洗車廠的老闆是從良、務正業的再生人呢。

下午四點杏雲開車到洗車廠，有一個女人在門前對著一部車沖水，黑長褲塞在米漿色的長筒膠鞋裡。她對裡面叫：「有人來了。」

那個男人放下手頭工作走出來說：「車子多，要洗車明天來。」

杏雲忙大聲說：「你叫我四點來的。」

男人走到棚裡面一張書桌上拿起筆記本看，對她點一下頭說：「鑰匙交給我。」接著硬梆梆地對坐在書桌邊椅子上的兩個年輕女人說：「遊手好閒，快去擦乾那部車。」

四十分鐘以後，杏雲提著大包小包回到洗車廠，男人雙手忙著，口說：「你的車剛開始做，要等二十分鐘。」

杏雲說：「那我坐下來等好了。」就在書桌旁的椅子坐下。

這個鐵棚工廠，再簡陋也不過，書桌和木椅都很破舊。男人正在洗另一部車的雨刷，她注意到他不但快手快腳，還一絲不苟。書桌上手機響了，正在擦乾杏雲汽車車身的那個年輕女孩，一個箭步取了手機，接通了送到男人耳邊。男人雙手繼續工作，口中說：「今天晚上也排不上，你的車明天早上八點鐘送來。」

杏雲說：「老闆，你的生意好旺。過年了，人人都要洗車呢。」他說：「平常也這樣。」

杏雲想認真工作的人，天道酬勤。那個沖車的女人，身材嬌小，面貌清秀。那兩個擦車的女孩，都穿牛仔褲，身材苗條，再看三個人的面容，杏雲恍然大悟，三人是母女，她看錯那位一家之長了，這是一個家庭手工廠。手機又響了，矮的女孩接了說，「老爸，是鐘錶行的林老闆。」老闆說：「叫他取車。」

果然是一家人。兩個女孩在擦杏雲的車，矮的對高的說：「妳要遵命行事，去擦後座！」

杏雲問矮的，「妳是姊姊嗎？」她點點頭。杏雲說：「怪不得命令妹妹。」

男人說：「妳們兩人決定晚飯吃什麼。」

姊姊說：「爸，你要吃什麼？中午只吃兩口，不要晚上又不吃飯了。」

杏雲說：「你們實在太忙了。媽媽有時間給你們做飯嗎？」

婦人說：「我不做飯的，沒時間呢！都是外面買。」

杏雲看見書桌上一臺華碩筆記型電腦，兩個女孩應該是大學生，寒假幫父母洗車。她用讚賞的語氣說：「可是兩個女孩都養得又好看，又能幹呢！」

這對夫妻的臉都出現笑意，男的說：「怎麼生就隨便養呢！」

妹妹叫：「爸，到底吃什麼？」男的說：「不知道！」妹妹說：「不知道？不給你買！餓餓你。」男的說：「不孝女！」

杏雲體會到玩笑開得越狠，表示一家的感情越融洽。她開車離開的時候，看見廠門上方的招牌：「誠信洗車廠」。

——二〇一五年二月

守戒

慧娟把四菜一湯端到飯桌上，芹菜、銀杏炒豆干、胡椒醃白蘿蔔片、海帶燉素雞、牛肉炒青椒、鮮筍湯，只有一道葷菜。三星期以前還是兩素兩葷。她腦海中出現常照師父在用飯前誦「食存五觀」：「計功多少，量彼來處。忖己德行……」時，臉上寧靜的神情。她叫道：「松，吃飯了。」

友松由樓上咚咚跳下來，現在只剩下他們兩個人吃飯了，兒子一年多前去臺北上大學，女兒兩個月前進了成功大學。他笑著說：「才跟女兒通電話，明天星期天，她跟同學去關子嶺玩，到碧雲寺吃齋。」

慧娟說：「女兒有佛緣。」

友松說：「齋菜的確好吃，尤其是妳做的。」說著喝一口鮮筍湯，舔舔嘴唇，瞟她一眼。她想，這是先生在撒嬌呢！

慧娟一直在注意他有沒有挾那盤牛肉炒青椒，真的，到吃完飯他筷子碰都沒有碰，她想時機到了：「松啊，看你今天都沒有吃那盤葷菜，其實這六天你都沒有吃葷。以後我可以只做素菜嗎？」
友松一半嚴肅一半開玩笑地說：「這是不是計算好的？」
她裝成生氣的模樣瞪眼說：「你什麼意思？」
他表情嚴肅起來：「妳做的葷菜越來越難吃，是有意的嗎？」
她聲調也高起來：「你說我故意做得難吃，好叫你斷葷？」
「以前妳的葷菜在太太們中，沒有敵手，現在怎麼可能這麼難吃？」
她越說越氣：「你是說我騙你？我是佛教徒，怎麼會打妄語，做犯戒的事？」
兩個人都氣鼓鼓地不說話，慧娟把盤碗收拾進廚房，一面洗碗一面想，常照師父說，有衝突時要反省自己，要忍住不要生氣，設法把問題化解，就是忍波羅蜜；松的想法也沒有錯，自己的葷菜為什麼退步到這個地步？
她走進客廳，捧著一盤切好的黃色西瓜、紅色草莓、青白二色的芭樂，坐在他身邊說：「你知道我受過五戒，不打妄語的，我現在說的都是實話，這兩個月來葷菜做得不好，是因為心中會嫌棄。不論我多想做好的給你吃，在我買肉、切肉、煮肉、聞肉味時，心中會出現動物被殺時候的恐懼和痛苦，心中很抗拒手上做的事，因此無法用心烹飪。松，抱歉。」
看見她那麼柔順、那麼合情合理，他微笑望著她：「娟，我也想通了。現在家裡只有我們兩個，我也吃素罷。更何況妳做的比素菜館的還要好吃，只要營養夠就好。」

慧娟摸摸他的臉說：「我的好老公！」

友松把手臂環住她的肩，繼續看電視新聞。窩在他懷裡，她心中想著常照師父做晚課時專注於施予的表情。她想什麼時候跟松說要去受菩薩戒呢？一個月有六天不能做那個，要如何他才會接受呢？

——二〇一四年二月

溫暖之源

巴士上的一群大學生正開心地說話，不時發出一陣陣笑聲。韓智明跟他們站在一起，卻沒有加入他們的談笑。他的臉圓圓白白的，看起來只有十四、五歲，其實上個月滿十八歲了。智明聚精會神地望著站在他旁邊的小男孩，應該四歲大小，正在鬧脾氣，右手拉著媽媽的手，拚命地搖，左手往上空指，一臉的祈求。智明望望小孩頭的上方，馬上明白他要的是什麼。

那位瘦小的媽媽嚴厲地說：「嘸得（不行）！」小男孩嘴角下撇，醞釀一場大哭。智明對那媽媽用蹩腳的粵語說，「我抱他去扶，可以嗎？」媽媽含笑點頭。小男孩雙眼亮起來。智明雙手把小男孩舉起，舉了三分鐘，小男孩伸手抓住吊下來的，三角形的橙色把手，笑嘻嘻地用力搖晃它，開心地玩了三分鐘。這是一種猴子吊樹枝的樂趣。他的小虎牙與智明的酒窩相映成趣。

智明憶起小時候父母帶他在北京坐公交車，在臺灣叫公共汽車，他也喜歡做猴子。一上車爸就笑著問他，要不要抓把手，直到有一次他不耐煩地回答：「爸，不要。我都五歲了，多難為情！」智明忽然驚覺，自己不一樣了。以前從來不關心小朋友，自己這一代全是獨生子女，沒帶過弟弟、妹妹。而現在他總會被小男孩、小女孩吸引。這是他參加書院的社區服務活動才開始的變化，他們到溫暖之源做義工已經三個月了。

溫暖之源是澳門的一家慈善機構，其實就是孤兒院。他們這批大學生分男女二組，女同學幫忙帶方出生到三歲的嬰孩，男同學帶三歲到六歲的小孩。智明第一次去就知道為什麼大一點的小孩由男生帶了。那天溫暖之源的住院老師分兩個男孩給他帶，在氹仔公園裡兩個小男孩到處跑，追得智明筋疲力竭，最後半小時他才想出「固定」他們的辦法，給他們舉辦盪鞦韆比賽。那個好強的小偉對智明很黏，現在每次去都要騎在他肩上玩跑馬。

但是今天是最後一次去溫暖之源。這個計畫為期三個月。書院的導師徐老師告訴他們書院生要給小朋友做心理準備，大哥哥、大姊姊突然消失，小朋友會失落的。智明想，他會照徐老師的指導，好好跟小偉說自己不再來的事。

他們進入溫暖之源的兩層小樓房，智明在活動室找不到小偉，在戶外遊樂園也找不到他，最後進入小圖書館，看見小偉一個人坐在大桌子前，翻一本書。智明在他旁邊坐下，坐在小小的椅子上。小偉只顧著看那本童話書，頭也不抬。小偉長得高瘦，大大的眼睛特別黑。智明說：「小偉，我們出去玩吧！」

小偉氣鼓鼓地大聲說：「還玩什麼？我知道你今天是最後一次來，還玩什麼？」

智明忽然覺得自己責任重大，他知道要怎麼做了。他伸出手臂，環住小偉的雙肩說：「我跟你一樣，也是學生，你是幼稚園生，我是大學學生，我不像住在這裡的老師，是不能一直來的，過幾天放暑假，我就回北京了。我很高興認識你這個小同學呢！」

小偉望著他說：「大哥哥是我的同學？」

智明點了一下小偉的鼻子說：「是啊，在你這個同學身上我也學到東西呢！」

小偉問：「真的？學到什麼？」

他笑著答：「第一次學到怎麼做一個大哥哥，對我很重要。來，我們出去玩。」

小偉把手放在他手中，兩人走出了圖書館。

——二〇一四年十二月

解紛

田教授開車離開大學，在回家的路上，他的車出了由橫琴到氹仔的海底隧道口，馳在金頂碧廈的銀河賭場旁，他臉上出現滿足的微笑。他想阿圓這個孩子太感情用事了，全神投入建立乒乓球隊，照顧每一個隊員的身心和球藝，結果書院的乒乓球隊贏得了二〇一六年書院聯賽的冠軍，但是功課全放在一旁，以前三個學期每學期都有不及格的科目。今天下午阿圓匆匆忙忙到他辦公室來，圓臉糾結成苦瓜，他說：「老師，下學期我沒書讀了，會被勒令退學，這次總平均分連留校察看的線都搆不著！」

田教授把阿圓的成績單拿過來看，前三個學期不及格科目的分數，還掛在那兒，田教授說：「本學期選的三門課倒是全及格了。」

他又問阿圓：「那四門不及格的課怎麼還掛在那裡？」

阿圓哽咽地說：「是啊！不管我這學期怎麼努力，也沒有辦法把總平均分拉到及格線啊！」

這個糊塗蛋，田教授說：「呆子，你不知道不及格的課可以重修嗎？沒有同學告訴你嗎？你沒有去看選課規定嗎？」阿圓發黑的臉開始有了血色，田老師給一個平均分幾乎是滿分的同學打了通電話，叫他指點阿圓選課，又給了系主任和教務處打了招呼，結果是阿圓下學期可以留校察看了。田教授是個做事注重方法的人，他的方法總是很靈，這次就救了阿圓。他開著車，滿足地笑了。

田教授對許多事務都充滿了熱心，對食物也不例外，所以常處於繼續發福的狀態，年輕時深邃的雙眼現在變成線條優美的、飽滿的雙眼皮，眼裡閃出聰敏和圓通。

當他走進家門，客廳暗暗的。他嗅到家裡的氣氛繃緊，平常到家，太太都已經開亮了大吊燈。現在她是在廚房裡，水龍頭開著，應該是在洗菜，但她沒有像往常一樣由廚房叫說：「回來啦！」他知道一定是家裡兩個女人發生糾紛了。

他開門走進女兒的房間，卓兒明明知道父親進來了，卻坐著動也不動，頭也不回，只對著桌上的筆記型電腦挺著身子僵坐。那張甜美的臉氣鼓鼓地，像是灌足了氣的粉紅色氣球。這個他用了無數方法、無數心思從小調教她講道理的乖女兒，氣成這個樣子很少見。他輕聲地問：「怎麼啦？」

她回過頭揚聲說：「媽媽不講理！明明錯了，不但不承認，還罵我！」

「是什麼事？」

「我這兩個月跟她說過很多次，不要再替我買衣服，我自己會買，而且你也知道，老買衣服是浪費資源的事。她這次又給我買，買了三件連衣短裙，我還很配合地試穿給她看。這些衣服不但太緊，而且太鮮，粉紅的、橙黃的。我非常努力配合她，請她去換尺碼大一點的、顏色深一些的。但是她換回來的還是緊，顏色還是鮮豔。我說我不穿。她就罵我不聽話、罵我不孝。明明在上學第一天，我就跟媽約法三章，她不要再替我買衣服，我已經成人了，是大學生了。她怎麼可以說話不算數！我要她跟我道歉！」

她一路氣憤地說，他一路點頭，等她全說完了，頓一頓他才開口：「妳說得有道理，我去跟妳媽溝通。」

他走進廚房，吃不胖的苗條太太正在切菜，菜刀咚咚地剁在實心樹椿做的砧板上，有點殺氣。她臉上精緻的皮膚緊繃著。

他輕聲地說，聲音中帶點溫柔：「妳還好吧？」

她不抬頭，咬牙切齒地繼續切紅蘿蔔：「她完全不體諒我多關心她！老穿那幾件深色鬆垮的衣服，大學生不穿好看的衣服，什麼時候穿！怎麼不像以前乖乖穿我買的衣服！對我說話怎麼可以那麼大聲？孩子大了就可以不尊重父母嗎？」

他繼續他的輕聲細語：「卓兒不應該大聲回嘴，妳對的。方才卓兒說兩個月前妳們約好她的衣服她自己買。但是妳買衣服，她也乖乖地試了。」

太太沒有出聲，菜刀的咚咚聲一下子輕了下來。

田教授回到女兒房間說：「跟妳媽溝通好了。只要妳先做一件事，我就會叫妳媽跟妳道歉。」

「做什麼事？」

他遞出一張白紙說：「妳把過去一星期妳媽對妳做過的事寫下來。」

卓兒說：「好吧！」把紙放在桌上，取出筆。他回到客廳坐下來看電視播的新聞。過了十五分鐘，看見卓兒衝出房間，哭著跑進廚房，摟住母親，叫：「媽！媽！」

我們總是對前一刻發生不順心的事，牢牢記住，忘卻之前對方做過多少值得深深感恩的事。

——二〇一六年五月

十全老人

謝老先生是臺灣南部一座小城的十全老人。他是城裡兩家最大超級市場的老闆，還擁有一大片鳳梨果園。他身材高大，只要有人在他前面，總是微笑著。他七十四了，身體硬朗，太太賢慧，二子一女，五個孫輩。在一九六〇年他上高中一年級時，因為家境清貧，輟學到小城一家雜貨鋪當店員。二十多歲結婚後，自己開了間小雜貨鋪。他不僅勤奮，而且好學，每天看六、七份報章雜誌，試著瞭解世界局勢和臺灣商界的趨向，以與時並進。他把小鋪開成大雜貨店，再轉型為超級市場。又會用服務顧客的心態做生意，價廉物美，架上總出現合顧客心意的新產品，這是生意興隆的祕密。他七十歲退休，老大和女兒大專畢業就到超市幫忙，事業就由他們二人各自接班一家超市。老三是公務員。兩老只管管果園，跟來訪的朋友泡泡茶。

當然十全老人還熱心積善。四十多歲的時候與城郊的一間佛寺結了緣。每次果園收成，他會送十簍鳳梨供養出家師父。一般的超市在貨品還有四個月到期時，就打折扣賣貨。謝先生會在還有六個月到期的貨品中，精選優質產品去供養出家人，像是臺東米、美國進口奶粉、有機醬油、有機醋，提供給一百人的寺院用，三十年不斷。

可是在謝老七十四歲時，無預警地生病了。白天晚上都頻尿，腹部下方灼熱疼痛。他去對街診所就醫，醫生說是尿道炎，給他開了抗生素，用了藥病痛稍減。一個多月以後，病情轉劇，他去另一家診所看，一樣的診斷，一樣吃抗生素。這樣跑了三家診所，腹痛了五個月，吃抗生素吃到常常噁心暈眩。有一天大清早，腹部劇痛，痛得滿頭冷汗。他們家是橫跨三個店面的透天厝，兩老跟兩個兒子三代同堂住一起，太太把兩個兒子叫來，他們召救護車送謝老到高雄一家大型教學醫院的急診部。泌尿科的醫生替他做膀胱鏡，又做切片檢查。節省的謝老住進了一間雙人病房。

泌尿科劉主任帶著幾個醫生來到他病房，謝老的太太和三個兒女都在病床旁。劉主任說：「謝先生的膀胱裡長滿了瘤，有三、四十顆，切片證實是膀胱癌，而且已經局部轉移到腸子。謝先生，如果你決定要開刀，馬上替你安排。」

一家五口全驚呆了，滿臉慌惑。健康硬朗的他怎麼會得癌症？熱心行善的他怎麼會得癌症？大兒子高頭大馬像父親，但他很少笑，他的情緒轉為憤慨：「以前那三個醫生誤診，要負責任，差點害死我爸！」

太太滿臉悲戚地握住丈夫的手。謝老閉上雙眼片刻，劉主任有張圓臉，同情地望住他。謝老張開眼說：「就開刀罷。」他甚至微微一笑。接著謝太太簽了字。

第二天就進了手術房，剖腹手術做了十二小時，做那麼久是因為不但要切開膀胱把四十顆瘤一一割除，還要切開腸子把五個小瘤一一割掉。主刀的是陳主治醫生，帶著兩個住院醫生做。手術完在加護病房觀察了三天，之後轉普通病房，一家人算是鬆了口氣，太太加三個兒女和他們的配偶，七個人排班照顧謝老。

沒想到轉入普通病房當天晚上謝老腹部又劇痛，守在床邊的女兒找來了住院醫生，他說做完手術腹痛是必然的現象，就開了止痛劑和鎮痛劑。第二天早上藥效過了，謝老痛到大叫大嚷，女兒知道父親是個很能忍痛的人，而且父親會為鄰床的病人著想，必不得已才會大嚷。她趕忙衝出去找醫生，方好劉主任帶著兩位醫生走出電梯到這一層樓來巡房，聽到謝老的嚷叫就匆匆進了他病房。劉主任用手叩診謝老的腹部，又用聽診器聽腹部各處。忽然劉主任臉色凝重起來說：「馬上安排做手術。」

謝老又被推進手術房，這次主刀的仍是陳主治醫生。這次的手術做了八小時。推出手術室時，七位家人圍住陳醫生，醫生說：「手術是成功的，是急性腹膜炎。明早你們進加護病房來聽劉主任解釋，他可以前前後後說明清楚。」

加護病房在九點開放給家人探訪，一次只能進去兩位家人，護士告訴他們，謝太太和三個兒女都可以一起進去。他們來到謝老的病床前，他已經由全身麻醉醒過來，很虛弱，沒說話，只對他們微微點了個頭。這時劉主任帶著陳主治醫生和兩位住院醫生來到謝老床前，四位醫生向謝家鞠了一個九十度的躬。劉主任輕聲而清晰地說：「我們對不起謝先生，第一次手術，主刀醫生把癌腫瘤清除後，交給住院醫生縫合腸子、膀胱和腹部的切口，因為腸子縫合不密，出現裂口，腸子裡的東西流到腹腔，造成腹膜炎，令老先生開了第二次刀，都是我們的過錯，你醫院的支出，除健保外，全由我們負責。」

大兒子氣得大聲說：「你們太不小心，害得我爸那麼痛苦，而且有生命危險！我要告你們，要求賠償！」四位醫生的臉微微扭曲，劉主任嘆了口氣。

謝老用手勢叫兒子打住，用微弱的聲音說：「不要這樣，他們第一次開刀十多個小時，到最後精神不濟，出差錯是可以理解的，既然人家誠心道歉，我們就接受罷。」四位醫生的眼中流露感激。

在謝老住院期間，劉主任親自替他的傷口換藥，用心指導他做化療。謝老出了院每次回診都帶水果、蔬菜送主任。劉主任還請謝老做泌尿科病友會的一員，替病友打氣。他們兩個成為一見面就相視而笑的好朋友。

認錯是需要勇氣的，寬恕也是需要勇氣的。能透視別人苦處的人，實具有大智慧。

——二〇一八年一月

第三輯

松子發芽

一見鍾情

香港島上鬧市中的這條斜街，一邊是中環街市，另一邊是一列商店。二〇一〇年代一天早上八點四十分，洶洶湧湧，都是趕路上班的人。一位六十多歲的老太太，拉著一輛小木板車，車上裝滿了塑膠瓶。她在人行道上一個重心不穩摔倒了，車裡上層的一些塑膠瓶震落地上。這時匆忙趕路的人流中，有兩個人，也只有兩個人，停下來伸手去扶老太太。方好一個人扶她一個胳膊。把她拉起來後，兩人的眼睛觸及對方，著西裝的男子和穿套裝衣褲的女子相望一眼，兩人感受相同；這個人面熟。他眼中的她，悅目而不奪目的五官流露一種聰慧；她眼中的他，國字臉上微彎的嘴唇流露親切。他們側頭望老太太齊聲問：「妳沒事罷？」

老太太移動一下雙腳說：「沒受傷，沒事，多謝。」

他們兩人又幫老太太在匆匆行走的眾腳之間拾起散落的塑膠瓶。

兩人繼續趕路，湊巧走同一個方向。他們並肩而行。他心想，她腳程怎麼那麼快，竟然跟得上我，望她一眼，正迎上她仰望的眼睛。更巧的是三分鐘後，兩人走進同一座商業大廈，進入同一部電梯。她按十樓，他微笑說：「妳是在那家慈善基金會工作嗎？」

她點點頭，看他按十五樓：「你是在那家建築公司工作？」

他對她一笑。到十樓，電梯門開了，忽然他感到一種急迫，好像會失去一件珍惜的紀念品，她跨出門前回頭，用眼神說再見。他跟著出了電梯，擋住她說：「今天下班我們去喝咖啡好嗎？」

她望進他眼中半秒：「好的，六點半見，在樓下大廳。」

她走向公司門口時想，從來沒有這樣答應一個陌生人的邀約，但不覺得有什麼問題。他等電梯時想，從來沒有約一位姓名也不知道的女子，但做得好。

他們兩人的家分別住在港島和九龍。他小學的時候，父親、母親開車去他們家開的獸醫診所上班之前，先送他去學校，他總比同學早到二十分鐘，從小習慣早到。她母親送她去上小學時，每天都會早到十五分鐘，為了養成她超級準時的習慣。

他八歲開始就每週末跟著父親，還帶著家犬拉不拉多狗狗去老人院，他父親親切的慰問、他的活潑、狗狗的溫馴，組成親善大使團。她的大哥是社會工作者，在她初中的時候，冬日週末常帶她去明愛機構做義工，把被褥、衣物送去給獨居老人。

他們兩人讀高中和預科都不是讀英文中學名校，也正因為如此，特別用功。別的同學都開始交異性朋友了，他和她不是讀書，就是運動，都偏向一個人隨時能做的運動，她慢跑，他騎單車。兩個人在同一年考大學，都進了理想科系，她考進中文大學工商學院，後來選了一些非牟利機構方面的課。他考進香港大學建築系，後來選了幾門建築環保方面的課。

分別讀中大和港大期間，他們都是學霸，那是高中養成用功習慣的延續。有趣的是，因為他們自小就培養了一些正面價值觀，內在世界比較踏實、自足，所以流露一種自信，一種有型，於是吸引了不少仰慕者。有五個男同學向她告白過，她跟其中一位交往了不到一個月就喊停，因為他的控制欲太強。他有四個女同學向他暗示，他跟其中一位交往了一個月就中止，因為她來自大富家庭，太著重物質。所以他們兩個在大學都沒有戀愛過。

他們兩個一畢業就進了現在任職的那兩家公司。工作了三年，因為表現優異都升了級。其實他們同乘電梯無數次，他常用手臂為晚來一步的人擋電梯門，她常為進出電梯的人按住開門鈕。但是他們兩人三年不相識。

那天下午六時二十五分，樓下大廳有兩部電梯的門同時開了，他和她分別由兩部電梯走出來，然後發現對方。兩人的眼睛都閃亮起來，笑容背後轉著一樣的念頭：「原來你也那麼守時。」

在咖啡廳，他們各自付款，拿了咖啡一坐下，他就自我介紹姓名，她也告訴他自己的名字，他們根本就沒有想到交換名片，因為早已經界定彼此不是職場關係。他們自然地談起自己工作。他說很幸運在這家建築公司工作，因為它在環保方面做得很出名，自己就分派在環保設計部門，學到很多東西。她說在這家慈善基金會做事，每一分鐘都是在幫助人，感覺很充實，很幸福。兩個人愈說愈熱切，愈談愈開心。忽然他身子彈了一下，看看手錶：「哎呀，陳小姐，已經七點十五分了，我七點半約了人在銅鑼灣吃飯，會遲到的。對不起，我得走了。明天我們可以一起吃晚飯嗎？」

她看他急的樣子，笑了，只會早到的人，竟然遲到，多麼難受啊：「好，也是六點半，同一個地點。」

一個月以後，他們訂了婚。

其實，密切的緣分，有太多我們當時不知道的背景、養成和期望。

——二〇一七年三月

五體投地的緣分

當馮琳下了旅遊巴士，走向這座韓國佛寺聳立的山門，山門匾上的漢字是「靈鷲山通度寺」；山門兩邊門框上有一簡短而大氣的對句：「國中大剎」，「佛之宗家」，她心中忽然感到一陣發麻，接著是戰慄。這種感覺昨天參觀佛國寺、前天參觀海印寺，都沒有過。韓國這三座名剎都有一千兩百年以上的歷史，當年完全是根據中國古寺的形制建造。三座寺不同之處，大概是佛國寺和海印寺有川流不息國內外的遊客，遠遠多過來通度寺的人，這裡幾乎全是來參拜的韓國佛教信徒。通度寺建於六四六年，是在中國留學的韓國僧人慈藏修建的，他由中國帶回來的佛陀舍利，就珍藏在寺中。

馮琳看見通度寺南面環繞一條大溪，過了月影橋，走入天王門的時候，梵唱聲由寺內傳來。天王門其實是厚度有四公尺的巨門，門的內裡左右各有兩尊天王的塑像，門下的陰影中，有八、九個韓國人正合十禮拜四大天王，他們鞠躬時，腰彎得比中國人還要深，臉上表情非常虔誠。

那麼古樸的寺院，棟梁和牆上沒有新刷的、俗麗的鮮豔色彩。壁牆上的彩繪剝落，但菩薩臉部和衣袍的線條仍清晰。在佛殿的四個角落，加固的木柱斜斜撐起飛簷。那種令她發麻、戰慄的感覺又來了，這一年來浸蝕她的失落感、空洞感，好像一下子消退了不少。她忽然念及，通度寺是全韓國唯一供有佛陀舍利的地方，她是有什麼感應嗎？

奇特的是大雄寶殿裡不見供奉佛像，大概因為有佛陀的遺體鎮守這通度寺，所以不需要有複製塑像了。馮琳由大雄寶殿偏殿旁的一個木門走出去，眼前出現那出名的、保存了佛陀舍利的金剛戒壇，位置就隔著一面大牆，在大雄寶殿正後方。迎面是一個巨大的、白色大理石砌成的壇，幾層石階之上，兩層方形石欄圍住一個兩層的、正方形的大理石戒壇，戒壇中央有一雕刻，這雕刻也是用雪白的大理石刻成，狀如鐘，其上下都有蓮花瓣。馮琳想，石鐘下必然封存了佛陀舍利。壇外的四邊有一面排了很多供桌，供著水果和一大堆一包包的米。壇的四周鋪著墊子，十多個韓國婦女坐著輕聲說話，不見僧尼，應該是剛剛做完法事。

馮琳望著舍利金剛壇後面，寺外的山坡，立滿鬱鬱蒼蒼的松樹，都是幾百年的古松。斜陽射在金剛壇上，平靜而莊嚴。她不由自主地在石砌地面上跪下，行三個五體投地的禮拜。

當她行完禮拜站起身來，心好像被飄舉起來，老伴走了以後，一年以來的悲痛、孤寂已經卸下了。這時馮琳看見左方五公尺的地方有一個花白頭髮的男士也在行五體投地的禮拜，那是香港、臺灣的拜法，雙肘、雙膝、頭額觸地，不像藏傳佛教全身貼地。等他站起身來，她看見他胸前掛的牌子，原來是同一個團的，他們這一團由香港出發，共八十多人。她在第一車，他在第二車。他走過來，跟她點個頭，用普通話說：「這裡的感覺很殊勝。」

馮琳聽他用「殊勝」兩個字，知道他也是由臺灣來的，他看來六十多歲，讀書人的樣子，他望著她的雙眼之中，好像有風霜正在消融。

她說：「對，好像這裡會令人心中的負擔減輕。」

他望著她，一位六十歲左右，相貌端正，有信念的女人。他說：「是的，我心裡的擔子也一下子放下了。」

她說：「我也是，壓在那裡一年了。」

他說：「我的，壓了半年。」

他們相視，在彼此眼中看見熟悉的東西。

——二〇一四年十一月

敘舊的緣分

這故事發生在美國中西部，二〇一三年，秀晴由大學學生活動中心的落地窗望出去，湖邊的地面積了兩英吋的雪，連枯樹枝枒上面也鑲了一層白雪。她在鄰州一個大都會的市立圖書館任館長，應本州大學城的郡立圖書館之邀，來這個小城演講，講完開車回程上，順路一訪二十五年前她讀碩士的校園，過去二十五年從來沒有回來過。

她在大學的學生活動中心望著窗外湖邊那個ㄇ字形的石椅，兩個礅是短的柱形石塊，上面橫放一塊大理石，椅面上也積了昨夜落的雪，有兩吋厚。石頭是持久的，沒有換過。二十五年前她和茂雄就並排坐在這張石椅上。是夏天，湖上有人划艇，他們兩人的內心卻正下著雪。

他說：「妳真的不留下來在歷史系讀博士？」

她說：「我明天就離開，去柏市的圖書館報到。」

他說：「妳堅持要分開？」

她說：「將來我還是會常由美國飛去上海的。我們不能一輩子都天天吵架，這不是我要的生活，也不是你要的生活。」

他說：「自從半年前妳跟妳媽回上海探親，妳就變了，開口就是上海怎麼樣，怎麼樣，表哥怎麼樣，表妹的音樂會怎樣。妳就不能真心地愛臺灣嗎？妳也是那裡生的。」

她說：「誰說我不愛臺灣了？但是我爸媽都是上海人，我也是上海人，如果你父母都是外省人，不信你對他們的故鄉沒有感覺。」

他說：「那是輕重的問題。妳由出生到大學畢業，順順利利，臺灣是妳的搖籃，怎麼一下子變成次要的？」

她氣鼓鼓地不出聲。他們望入彼此眼中，不再是憤怒，只剩下刺痛。

她入神地望著那張積了雪的石椅，心中出現她丈夫的身影，肚子微凸的美國人。她在柏城第三年跟這位美國會計師結了婚，最初那幾年，不愉快壓倒性多過愉快，因為文化的差異腐蝕他們的熱情，之後是相敬如賓的生活。二十五年前如果她留下來讀博士，肯定會跟茂雄結婚，是不是磨合幾年以後，彼此就學會如何避開地雷？婚姻生活會是契合的。

茂雄到他母校的土木工程學系演講，跟系主任和以前的老師吃完午餐後，他一個人到湖邊散步，陽光和煦，草地初綠，他看到湖邊那張ㄇ字形的石椅不由自主地坐到椅上。望著兩隻野鴨在湖上漂浮，陽光曬在他泛白的鬢角。他想，就是在這張椅子上他和秀晴並肩坐看晚霞。那個黃昏的晚霞大紅大紫，倒映在湖面上。

秀晴說：「這是多重的美麗。」

他說：「妳說得不準確。倒影是不能反映天上所有的雲彩，所以連一倍也不到，怎麼可能是多重呢？」

她說：「你這個學土木的，腦子那麼死板，湖水有波有紋，反映的晚霞每一秒鐘都起變化，怎麼不是多重？」

他說：「我說不過妳。再好看也沒有高雄澄清湖好看。」

她說：「你能不能好好欣賞一下這裡的晚霞呢？」

後來他們也就是在這張石椅上分手。茂雄想，如果那時他開車去柏市找在市立圖書館工作的秀晴，重修舊好，他們結婚了，現在應該是和諧的一對。在美國定居教書，過了幾年，他已經不像做研究生的時候那麼投入留美臺灣學生的活動了。他拿了博士到西岸教書四年，三十三歲才結婚的，還是娶了一位外省女生，她是電機工程系的博士生。當他跟妻子去旅遊時，美景當前，秀晴會閃入他腦中，感性的、文藝的秀晴對這眼前景物會說出怎麼樣有趣的話呢？

美國四月的天氣，忽冷忽熱，變化極端。今天忽然隆冬，下一場大雪，第二天溫度上升，雪全融了，整天都是溫暖的太陽，豔藍的天。秀晴和茂雄前後腳踏入他們母校的校園，之間只差二十四小時。煙遠的歲月中一時鬥氣，錯過了，就是永遠錯過了。他們兩人是連敘舊的緣分也沒有。

——二〇一四年四月

媒人

力文探訪完一位住在偏遠鄉鎮的老同學，晚上開車回高雄的住處。他二十四歲，方由軍隊退役，在大學學的是土木工程，不到一個月就在高雄一家營造公司找到工作。因為週末的車潮，他避開高速公路，走省道。穿過一段偏僻的路，兩邊都是果園，前車燈的光圈中，有一輛機車平躺路邊，機車旁有個黑乎乎的人影。力文下車去查看，泥地上坐著一個人在呻吟，是一個微胖的中年男子，他喊：「我的腳在流血，腳踝很痛！」

力文受過急救訓練。見他腳面上有個小傷口，還在流絲絲的血，力文叫他稍稍移動腳踝，他大叫痛，但腳踝還能正常地移動。力文問：「是被汽車擦撞的？」

男子答：「不，自己摔的。」

力文決定不報警了，看來這男人沒有脫臼，應該只是腳踝扭傷，叫救護車會花時間，還不如自己送他去醫院快些，就對男子說：「我送你去臺南醫院新化分院，十分鐘就到。」

力文回車裡拿一條長毛巾，用水瓶的水把它灌濕，包紮男子的腳踝，又拿小急救箱，用酒精、棉花、膠布處理了他的腳面的傷口。扶那男人拐著腳上了車，男子說：「真麻煩你。請借我手機，給太太打電話。」

他告訴太太叫一部小卡車去運機車，再開車去新化分院接他回家，一面斷斷續續地呻吟。

力文在醫院幫他掛了急診，照完X光片，醫生說：「是腳踝扭傷，頭二十四小時內用冰敷，過了二十四小時……」

正說著，一個中年婦女走進診室，劈頭就說：「摔傷了，那麼不小心！」

力文看他太太到了，就靜悄悄地離開，驅車回家了。

這對李姓夫婦回到家，忙完了冰敷，李先生驚呼一聲：「哎呀，我忘了問那個年輕人的名字，應該好好多謝他……」

這時他們念高二的女兒補習完回來了。她問了父親的傷勢和受傷經過，問說：「那個人是怎樣的人？」

李先生說，「非常好心的年輕人，替我包紮傷口，開車送我去醫院，還幫我付了掛號費，又陪我看醫生。後來不知道什麼時候走了，只記得他個子不高，黑黑的，不知道哪裡去找他。」

李婷婷說：「你不是借他的手機嗎？媽手機上會有他的電話。」

李先生說：「不，我打的是家裡的電話，不會留下紀錄。不過，他心腸那麼好，不會在意別人道不道謝。讓我們也做善事，等於是回報他。」

李先生是茶商，之後每星期六早上，由太太顧樓下的店，他跟女兒去新化醫院的詢問臺做義工。婷婷受父親影響，常常參加中學的義工服務活動。

三年後，李婷婷二十歲了，在高雄一間依山面海的大學讀外文系二年級。外文系的女孩以時髦漂亮著稱，婷婷非常甜美，卻很樸素，她的室友秀麗則貌美如花，活潑外向，兩人被稱為文學院雙美圖，兩人每個都有半打追求者。婷婷挑了數學系三年級的阿杭，他眉目軒昂，但只比婷婷高四公分。秀麗問婷婷：「你怎麼不選那個又高又帥學資訊工程的？很多女生喜歡他。」

婷婷說：「跟那個學資工的不來電。他三次邀我看電影，都是有關ＩＴ機器人的，我真的沒興趣看，就拒絕了。杭會在網上找非常感人的影片，你看過《歲月神偷》嗎？我們看完討論了一個多小時。我們總有說不完的話。」

秀麗聽了，若有所悟。

婷婷看見學生事務處的一張海報，學校與原住民服務協會合作舉辦一個暑期義務教學營，去屏東深山裡的霧臺小學，為原住民小朋友補習英文和數學。婷婷找了男友阿杭和外文系兩個女同學一同參加，其中一個就是秀麗。出發前三個星期，協會派來一位領隊，跟參加的同學講習，並指導他們設計教材。同學們一見到領隊就猜他一定是原住民，黝黑的皮膚，深陷的大眼睛，個子不高，但上身魁壯，他就是尤力文，跟營造公司請了假來帶隊。然而他一開口同學就忘了去猜他的種族。他說一口字正腔圓的國語，他介紹原住民兒童成長的社會，和他們的心理，他建議的教材設計，步步到位，還有他發自內心的誠懇感染了他們。秀麗覺得她認識的大學男同學中，沒有一個人像他對生命有這股熱忱。

十位同學在尤力文的帶領下，對三十多個小朋友進行遊戲方式的教學，晚上十位男女同學分別在兩個教室打地鋪。到第四天傍晚，小學的老師舉辦燒烤惜別會時，秀麗坐到力文身旁說：「營火會完了以後，想問你做義工的事。我們可以出去走走嗎？」

太陽已落了，西天佈滿紫紅的晚霞，之下是一層層山影，霧像海浪在山影前慢慢滾動。他們在山徑旁的石頭上坐下。秀麗問：「你常常帶隊嗎？可以請到那麼多天假嗎？」

在微明的暮光中，秀麗精美的五官像是毛筆描出來的，她眼中發出柔和閃爍的光芒。力文微笑答說：「運氣好，我有一個體諒下屬的主管。他對我在公司的工作滿意，他自己也常去美術館做義工。所以他每年准我放四次假，好去原住民小學義務教學。」

秀麗問：「下一次什麼時候去？」

力文說：「一個多月以後八月去，去阿里山上的小學。」

秀麗高興地說：「我現在就報名。」

兩年以後秀麗才畢業就跟力文結婚了。

沒有人知道，真正的媒人是婷婷的父親李先生，五年多以前下決心以行善來報恩那一剎那的李先生。如果李先生沒帶女兒婷婷去做義工，婷婷就不會對做義工有興趣，也不會帶著秀麗去霧臺小學義務教學，不是那樣，秀麗有機會認識力文嗎？

——二〇一七年一月

山之盟

三個亮麗的女孩子由西門町一家電影院散場出來，穿的是二〇〇〇年代那個年齡女孩子的標準打扮：下面牛仔褲，上面一件鮮色的短袖運動衫。但是她們的亮麗似乎跟其他漂亮女孩有些不同，比別人多了幾分自信和自在：她們是臺灣頂尖大學的學生，臺灣大學外文系的一年級生。方才她們看的是香港導演王家衛執導的《重慶森林》。

花雲的眼睛左瞟一下秀氣細瘦的林臺玉，右瞟一眼帥氣的韓清燕，她用清亮的聲音說：「王家衛拍這種戲，太注重營造氣氛，演員都沒有機會發揮了。金城武失戀的悲傷都只在表面；梁朝偉完全沒有魅力，傻傻的；王菲像個智商只有六歲的女孩；林青霞的演技完全被金色假髮、黑眼鏡、大風衣取代了。」

韓清燕、林臺玉齊聲反對：「不對！不對！」

韓清燕搶在林臺玉之前說：「王菲的演技一流，舉手投足都有我行我素的味道，演活了一個內向的、又敢於付出的女孩子。」

林臺玉也細聲嬌氣地說：「梁朝偉的演技很踏實，把一個員警演活了，他的魅力就在他有踏實感。」

花雲調皮地笑著：「誰不知道韓清燕最喜歡聽王菲的歌！誰不知道林臺玉最迷梁朝偉會放電的眼睛呢！今天不是看在《重慶森林》這個電影名字上，我是不會被你們拉來看的，我還以為真的有大森林可看，原來是指水泥叢林 concrete jungle！」

因為才四點半，距離吃晚飯時間還有兩小時，她們三個就到韓清燕家去玩。韓清燕的家在附近，是一棟四層樓的透天厝，樓下的店面租給一家茶莊。花雲一登上二樓，進了韓家的客廳，就給牆上掛的一幅山景攝影圖給吸引了。

這張照片放大到長一米，寬一米半。迎面一座尖錐形的岩石高峰，由嶙嶙峋峋的巨大石塊組成，險峻、陰森、強悍得令她心中發毛，而這座尖錐山的後面，雲裡霧裡陡然出現五六座龐然的大山峰，她感到震動，心想：這才叫氣勢！這才叫崇高！

花雲回過頭問韓清燕：「這座山在什麼地方？那麼壯觀！在臺灣嗎？」

韓清燕說：「是在臺灣，但什麼地方我就記不起來了。這是我哥哥明強拍攝的，他剛好週末回來在家，妳可以問他。」

韓清燕上三樓去，沒多久帶著一個男人下樓來。他個子不高，身體挺直而健碩，步履篤定，有一點像直立的熊走路那麼穩重。

韓明強只見一個很好看的女孩子站在他那幅攝影前面，回頭用明媚的眼睛望著他，她穿著水紅色的運動衫、牛仔褲，長髮披肩。他才踏下最後一階樓梯，她就急促地問他：「這是臺灣什麼地方？這張山景你拍得美極了。」

他心跳加快，有些興奮，但答話卻依然順暢而有力：「這是在南投縣與花蓮縣交界的奇萊山脈，這個錐形巨峰就是卡羅樓斷崖，高三千四百米。這張照片是我在奇萊主峰上拍的，主峰比卡羅樓斷崖還要高一百多米，所以可以俯拍它，也可以拍到後面的奇萊裡峰和奇萊南峰。」

妹妹韓清燕張大眼睛望著他，心想平常很少說話的哥哥，今天怎麼侃侃而談？是因為談山的緣故？還是因為問話的是花雲？

花雲眼中閃著好奇，她問：「奇萊山，是不是就是那個常常發生山難的地方？」明強熱切地答她：「正是，就是發生在這個奇萊山脈。一九七一年清華大學五個學生去世的山難就發生在那裡。他們七個人到達山脈的脊稜，然後在山谷中紮營；第二天清早颱風就吹到了，馬上往回走，要回到松雪樓，五個人在路上罹難，只有二人生還。他們沒有去到目的地：奇萊北峰。一九七六年山難，陸軍官校死了六個學生，他們爬到主峰的山麓，剛剛紮了營，颱風忽然吹到，把帳篷都刮走了，他們就往回走，在路上全部罹難，所以他們也沒有登上我拍斷崖的奇萊主峰。」

花雲聽得入神，心中又欽佩、又羨慕他竟然能在這麼險峻的群峰上來去自如，她又回過頭看那張卡羅樓斷崖的照片，讚歎地說：「臺灣竟有這麼壯麗的山啊！」

明強接著說：「臺灣壯麗的山很多，連臺北附近都有。比如說，由淡水的興福寮往東北走，爬到面天山的山頂，就會望見壯麗的大屯山。再爬上險峻的大屯山南峰，要拉繩索攀山徑，你轉一個彎，龐大的主峰會突然出現，主峰有一條小徑領你爬上峰頂，到了峰頂，你的人就好像跟巨峰一起與藍天合一了。」

花雲忽然覺得自己變渺小了，在大山之前變渺小了，在韓清燕哥哥崇高大山的經驗之前，她也是渺小的。她用謙卑的語氣望著明強說：「真希望有機會去爬這些山。」

韓清燕插嘴說：「那妳就要找我哥哥了。他在念臺北工專的時候就是登山社的社長，服完兵役考進玉山國家公園管理處工作四年了，是位登山專家。」

花雲面對這位應該比她大十歲的男人，心中忽然嚮往起來，他談到大山的那種全神投入感動了她，他健碩的身體給她一種安全感。她說：「我可以到玉山國家公園來找你嗎？你帶我去看山好不好？」

他心中也泛起渴念，想帶這位充滿活力的漂亮女孩子去爬山，只帶她一個人。他說：「好，妳什麼時候來？」

她說：「下星期來，下星期就放暑假了。」

她們三個女孩在一家餃子館吃完晚飯，韓清燕回家去了，花雲和林臺玉兩人回大學宿舍。在公共汽車上林臺玉對花雲細聲低語：「妳這樣不太好吧，這麼主動老遠跑去玉山國家公園找他，他會認真的。他是五年專科學院畢業的，學歷低過妳；個子又矮，妳穿高跟鞋都會比他高。」

花雲笑嘻嘻地說：「為什麼那麼注重外表，那麼注重學歷呢？我覺得他不錯啊。他對大山很有感覺，我們學校那麼多男生，哪一個真的有崇高的情操？」

花雲和韓明強一前一後踏著玉山國家公園園區裡的步道，有些路段是木頭棧道，有些路段是泥土路。明強走在她後面，專心注意她的腳步，因為知道她從來沒有真正爬過高山，又只穿一雙時髦的白色球鞋，生怕她一步踏不穩，他好隨時伸手相扶。他曬得黧黑的國字臉煥發喜悅，她真的非常漂亮，一路上已經有好幾個男遊客對他投來羨慕的眼光，她就是那種依在你身旁會令別的男人生嫉的女孩子。本來他心中有點自卑，像他這種學歷追求臺大的女生，就是高攀。但是方才她爬坡爬累了，微喘著氣，停住步子，竟然把背輕倚在他胸膛上，這一下子，他的自卑情緒水一樣全流走了。花雲本來就是個率性、自然的人，覺得喜歡，覺得舒服，就靠過去了。

此刻兩人站在蓋好沒多久的塔塔加遊客中心的陽臺上，明強伸手摟住她的肩，她回頭對他一笑，明強的心都開花了，他指點眼前的風景說：「看，那脊線蜿蜒而上，頭頂白雪，好像要起飛的樣子，當然就是臺灣第一峰，玉山主峰，旁邊那座是玉山北峰……」

她的背緊靠著明強的胸膛，感覺那胸膛像山一樣堅實。她目瞪口呆地望著玉山群峰，與它們面對面又比觀看明強家中的攝影照片力道強上百倍，這種極度的陽剛之美真能攝人心魄。

在塔塔加遊客中心看完山景，明強就開車帶花雲回到國家公園入口的水里小鎮。他替她安排了輕鬆舒適、循序漸進的行程，第一天下午帶她去塔塔加中心附近走一個半小時的山路，晚上安排她住在水里一家乾淨的小旅館，第二天上午陪她在旅館吃完早飯後，帶她去鹿林山莊附近走走，走稍微陡一些的山路兩小時，十一點半回到水里吃午飯，然後送她去車站搭客運車回臺北。

第一天黃昏他們在水里的一家小館子晚餐，吃燒酒雞和炒蕨菜。一開始是花雲一直問明強各種登山的細節，像是應該買怎樣的背包？背包裡要放什麼？要買什麼牌子的登山鞋？等等。顯然她對登山是認真的，不止是看看山景、走走步道而已。大概因為燒酒雞湯裡有米酒，花雲變得更放鬆，慢慢開始談自己了，談她與山的關係。她說：「奇怪，活到十九歲，從來沒有爬過山。我在高雄市長大，那是個海港。我一直都用心在功課上，放假也只是到女同學家玩。小學畢業郊遊，遊左營蓮池潭。初中畢業郊遊，遊澄清湖。高中畢業旅行，去墾丁公園，在沙灘上玩。你看，我跟山的緣分是今天才開始的，你呢？」

明強還在體味「山的緣分」四個字，趕忙集中精神回答她：「我們在臺北市，小學畢業郊遊就是去陽明山。其實我四歲的時候，父母就帶我上陽明山玩。我初中已經加入學校的登山隊了。」

花雲笑著說：「我跟你不一樣，你真幸運，我中學的時候只能跟大山神交。初中二年級有一次上國文課，教課的是一位六十歲的老先生，他一時興起，搖頭晃腦地吟唱李白的〈夢遊天姥吟留別〉，那天我一放學回家就找出《唐詩三百首》來背這首詩。今天都還記得呢！這幾句真有氣勢：『天姥連天向天橫，勢拔五嶽掩赤城。天臺四萬八千丈，對此欲倒東南傾。』有趣的是，背了這首詩以後，我開始夢見大山，光在初中三年級，我就夢過大山三次，夢見就像今天見到的山，或者就像你拍的奇萊山脈那種山。」

事實上花雲顛倒了時序，我們的理性常把往事以錯亂時空的方式重新編輯，都是為了讓記憶中的往事能先後有序，順理成章，於是不免哄騙自己。實際上花雲不是在初三時夢見大山，而是在初中一年級就夢見大山了，但是她是到初中二年級才背誦李白那首詩的。那麼，她根本沒有爬過山，沒觀賞過大山，連有關大山的詩歌都還沒有入腦，又如何能憑空夢見大山呢？

那晚八點半，明強送她去小旅館後，自己回管理處的員工宿舍。他的情緒亢奮，回憶他們相處的每一個細節，尤其是她溫暖柔軟的雙肩，尤其是她專心望著他的神態，在床上回味了一個半小時才入睡。

花雲洗了澡就上床，因為走過山路，運動過，一下子就睡著了。她夢見群山競起，夢的並不是今天見到的玉山群峰，而是初中一年級時，夢見過三次的大山。山腰上有一條瀑布，順著山勢一層一層地往下瀉，往上望是雲霧，雲霧之上是相連的十幾座山峰，非常險峻，山脈的脊稜上還有山徑呢？這就是她的山，整個山脈都籠罩在一片深黃色之中，時間應該是黃昏罷。

其實這個山脈是她在嬰兒時期就經常見到。她眼睛睜開不到一個月，在她母親的懷抱中，就與這些山面對面了。雲裡霧裡，高峰之外還有高峰。以嬰兒的好奇和吸收力，她已經能感受到那些老樹的槎枒、層層瀑布的水勢、山峰群的崢嶸氣象——那是北宋畫家郭熙〈早春圖〉中的山水，雖說畫紙歷經千年而泛深黃色，畫中的山水依然氣韻生動。

每天母親一做完家事，就抱著她這個嬰兒站在那幅掛軸之前，母女二人一同觀賞早春水氣瀰漫的山景、觀賞宇宙的再生。這是母親在蜜月假期與父親同遊臺北故宮博物院時，買回來的名畫複製品，掛在客廳與廚房之間的牆上。母親在結婚之前沒有登過山，結婚之後更沒有登過山，因為接連生下他們三姊弟。母親就像幾千年來無數個家庭主婦，一輩子與家務和兒女的養育為伍，是不可能有機會像中國古代士人那般，去遊山、看山、寫山、畫山。在花雲兩歲的時候，那幅複製品給廚房的油煙熏上一層黑垢，太髒只好扔了。現在母親好歹閑了些，大女兒上了大學，兩個兒子都在讀中學，父親依舊公務繁忙，他去年出任軍艦的艦長，一出海就兩個月不在家，母親開始打麻將，所有剩餘的時間都花在鄰居或自家的牌桌上，這本就是眷村主婦的生活模式。

花雲由水里回到臺大宿舍時，已經深夜。第二天早上九點她就去到臺大的學生活動中心，找到了登山社，裡面有兩個男同學正在策畫兩週以後登山隊爬百岳之一池有山的細節。花雲忙問他們還有沒有名額，她想加入這次的登山隊。他們一口答應，說這次登山就是為了訓練新社員辦的。接著那兩星期花雲忙著去運動器材店買登山的各種必需品，每天還做一個小時的熱身運動，在學校操場疾走練腳力，此外每天都在文學院二樓和三樓之間的石階跑上跑下三十分鐘。晚上去替一位教授念初中的小孩補習英文，賺點外快買登山用品。此外，就是到登山社向前輩社員問東問西。她忙得沒有時間給明強打電話，只寫了一張明信片向他致謝。兩週以後她如願以償地跟著登山隊十多個人的隊伍，登上了池有山的山頂。

在花雲離去後接連四個晚上，明強每晚都夢見她，一次是擁抱她，三次是拉著她的手一同看山景。她回去的第二天早上，他還打電話去臺大女生宿舍，但沒找到她，當晚他向同事借來《唐詩三百首》，找描寫山水的詩來讀。到第五天才收到花雲寄來的一張明信片，上面只有簡單的致謝。他明白了，她對他沒有意思，那兩天只是一場短暫的夢，但是從此明強卻喜歡上古典山水詩。

花雲成為臺大登山社的中堅分子，沒有錯過一次登山之旅，到四年級還出任登山社的副社長。山的氣韻和氣勢似乎強化了她的個性，她更加明朗、果斷，心胸更加開闊。登山社社長是她同屆的，讀生物系，最終變成她的男朋友，但他也許不是她最心愛的。

你說一個從來不爬山的女孩子，忽然喜歡上登山，是很平常的事嗎？

——二〇一〇年一月

百元鈔票

太古怪了，在現實中真的有人在大街上撒錢。一年以前我做過類似的夢：紅色的百元鈔票漫天飛，還落得一地都是，我俯身一抓，就從地上抓到五張。現在在真實生活中要抓錢卻沒那麼容易：街上擠滿了一大堆人在搶，一兩百人形成密實的人牆，鈔票在人群上空飄落，像撒在新郎新娘身上的彩紙。我往前擠，奇怪的是，以我跆拳道三段的身手，居然打不出一條路。旁邊一個八、九歲的小孩，用手一推，我就一袋米一樣重重倒在地上。近來怎麼這般虛弱？

我才不稀罕那幾百塊錢，我擁有三家KTV、一家賭場、五棟房產。啊！我上空飄來一張鈔票，跳起來一把抓住，是全新的臺幣百元鈔票啊，好樂！好樂！我踮起腳來看這個撒錢的呆瓜是誰？他立在人群當中，個子非常高大，滿臉橫肉，他竟然是銅頭老大，他雙手撒錢，卻一臉惶惑，他的表情一向都是陰狠自信，他怎麼變了。就是他，就是他派人來殺我的！保鏢方打開我賓士車的車門，我才一腳踏下車，他的手下就衝過來一槍！我要報仇，要殺銅頭老大，可是眼前這一道人牆根本擠不進去，有人一腳踢中我胸口，我踉踉蹌蹌一直退到亭仔腳，跌坐在陰影中。人身體虛弱的時候，連恨意也淡薄了。

現在我看見了，銅頭老大正在燒冥紙，他根本看不見我們這一大堆搶錢的鬼魂。黃色的紙錢一騰空，轉個身，就化為紅色的百元鈔票。我打開手掌，卻看見掌心的百元鈔票一閃，就消失了，像破了的肥皂泡。是的，什麼都抓不住的，這裡沒有銀行，沒有館子，沒有KTV，這裡鈔票根本沒有用，燒紙錢、燒賓士車、燒洋房，全都是陽世的迷信。我們一直虛虛浮浮地在飄，在這個不實在、卻又存在的形體之中，只充滿了回憶——還不出高利貸債務的老韓，他嘴吐長舌頭，紫色腫脹的臉；阿母淒苦面容上的淚珠；還有，我腦部中槍綻裂那一刻的劇痛和驚恐。

——二〇一二年五月

空難

啟明坐在姑父的病床前，姑父又昏睡過去了，他守在病房已經二十八小時了。方才姑父醒來過，近八十歲的人頭腦仍然很清楚，他望著啟明微微點了個頭，沒有什麼表情，然後雙眼搜索病房，啟明知道姑父在找兒子，找他的表弟。這時病房門開了，一對五十歲左右的男女匆匆進來，啟明叫了聲：「表弟、弟妹。」

那男人對啟明猛點個頭，腳下直奔床前叫：「爸！」

姑父張開眼，看見兒子到了，眸子射出全然的放心和無限的欣慰。兒子用雙手緊抓父親的手。

此刻啟明內心慣性地湧出那絲不快，四十年來姑父都是這樣偏心。自從啟明十一歲父母車禍雙亡，他就由姑姑領養，姑父對他一直都很冷淡。這次啟明忍痛放棄出國旅遊，都因為昨天清晨表弟由美國打來的長途電話，說姑父中風進了醫院，情況危急，他請求啟明去醫院辦住院手續，照顧老人家。表弟說已經訂到機票，但碰上了萬聖節假期，航班都滿了，只好訂晚一天的班機，要三十多小時後才能趕到臺北。

啟明忽然驚覺表弟夫婦早到了八小時。一定是他候補上較早的班機，他看看錶，早上十一點，頓時氣得說不出話來。為什麼表弟上飛機前不給他發個簡訊呢？如果知道表弟今早能趕到，他就會和太太麗如搭上今早八點出發去斧山的班機了，反正姑父的病情已經穩定下來。為了這次韓國之旅，他和麗如計劃了好久，這是五年來他們第一次出國旅行。小兒子兩個多月前進了大學，去了北大。他們夫婦拿了假期，可以去韓國玩七天。他們要到慶州遊佛國寺、良洞村、天馬塚，他們要到濟州島爬漢拏山、探萬丈窟。為什麼姑父偏偏在起飛的前一天中風呢？

啟明跟表弟交接了照顧姑父的事項，就一個人去大學附近的一家速食店吃午餐。他的手機響了，是太太麗如：「明，太可怕了，出事了，我們原先要搭的那班機出事了！」

「出了什麼事？」

「太可怕了，那班機沒有抵達斧山，它在雷達上消失了，凶多吉少……」

啟明目瞪口呆之際，看見速食店牆上供顧客觀看的電視裡，女播報員正在說：「這班機在那霸西北四百公里的海面上空失事。一艘漁船的船員目擊它在高空爆炸……」

他腦中轟地一聲，嚇得張大嘴。高空爆炸！那麼機上的人應該全部罹難！如果他和麗如上了這架飛機，一定慘死空中。他們太幸運了，全機大概只有他們兩人逃過一死！

剎那間許多念頭閃過他心中，為什麼死神會放過他？

他是因為姑父中風入院而取消旅程的。在他成長期間，在臺灣鐵路管理局任職的姑父對他很苛刻。除了吃住，沒給過他一分錢，他的學雜費、球鞋、衣服、零用金全是姑姑給的。常出現這類窘況，姑父給表弟買了日本精工手錶，他得等半年後，做百貨公司店員的姑姑存夠了錢才買給他。昨天清晨表弟來電話求他去醫院時，他坐在床上一臉的猶疑，麗如對他說：「姑姑在世的時候，姑父對她不錯。看在這個份上，我們把韓國之旅延後罷！」

他是懷著怨念來照顧姑父，根本算不上什麼善行。

麗如常說種善因、得善果。她總在工作和照顧他們父子的忙碌中抽出時間，義務參加為臨終者、往生者辦的助念團，誦阿彌陀經。二十多年來她助念了兩百多場，應該撫慰了兩百多位亡靈，是因為這種功德嗎？是因為麗如，他才躲過一劫？看來以後要信佛、吃素了。

手機響了，是系上的同事陳助理教授，他的聲音充滿驚歎：「系主任，是你啊！謝謝天你還活著。在電視上看見那班飛機出事了，知道你是今天去斧山，就希望有萬分之一的機會你和嫂子沒有上飛機。」

「是，我們沒有上機，因為姑父進了醫院，我留下來照顧他。」

「善有善報啊！我們不能沒有你這位系主任。這一年來，你對新入職的我，總是不耐其煩地指導我。我真怕沒機會好好謝謝你。」

接著是兩個兒子的電話，還有系上八個同事的電話，全都說是上天保佑他沒有上那死亡班機，他們多麼感激他的愛護和幫助。看來有些事他是做對了，是這些做對的事令他倖免於難？他桌上點的紅燒牛肉麵，忙到一口都還沒吃。

電視螢幕上出現那間航空公司的辦公室裡，擠滿了罹難者的家屬，有的放聲痛哭，有的滿臉哀戚。而他這邊卻充滿朋友和親人的驚喜和感謝。飛機上一定有不少人善行做得比他多，為什麼他們反而遇害？這對他們太不公平了。記得麗如跟他說過共業的觀念。是他們多少輩子以前一同做過不該做的事，這次就一同遭難？他反省，想了半天，都是一直在找自己存活的理由，他做過的善行算得了什麼？頓時他覺得自己很渺小，他，是應該徹底感恩的人。

——二〇一八年七月

負氣

韓峰帶著女朋友去拜會老前輩岳之清，心想岳老師一定會感到欣慰，因為他終於找到可以愛上的人了。上次探訪她是三年前，專程由臺中到臺北來，她提供他住竹居一晚，那是她在同一幢大廈擁有的小公寓，淡綠色的牆紙上印著竹子圖案，竹居是她招待外地文友的地方。那次她坐在家裡寬敞客廳的大沙發上，她都七十六了，豐腴的臉上泛著光彩，說：「你小說寫得好，兩代的關係處理得細膩，可是愛情寫得不深夠入，是不是沒有真正戀愛過？」

看他不出聲，岳之清接著說：「三十歲的人還沒有真正戀愛過？」

他垂下眼：「因為受到父母之間關係的影響。」

她沒有追問。在她家吃飯的時候，給他夾了幾次青菜，都是挑最嫩的，慈母式地輕輕放進他的碗裡，他想岳老師好像知道他最缺什麼。

在去岳老師家的計程車中，韓峰對紀娟娟說：「岳老師是前輩作家中最慷慨的，她的小說寫得一流，五十年前就深度地表現女性主義思想。而且提拔後進，我第一篇短篇小說就是她拿去雜誌發表的。」

紀娟娟問：「是不是你理想的母親就是她這樣的？」

韓峰笑著瞄她一眼。

傭人打開大門，客廳中坐著岳老師的丈夫，秦先生，一位退休工程師，他跟他們點點頭，起身走進一個房間，不久他跟岳老師由房間出來。他們迎上去，韓峰覺得岳老師瘦了，她敏銳的眼睛望望紀娟娟，問韓峰：「她是你女朋友嗎？韓峰，你有福氣，她很會照顧人。」

他答說：「你看人很準，她是護士長，的確會照顧人。」

紀娟娟說：「岳老師好，您才最會照顧人，我聽韓峰說過。」

她瞪著紀娟娟說：「他說過我什麼？這次你們不能住竹居了，我正在找買家。」

韓峰想，岳老師記錯了嗎？他給她打電話的時候，沒有提想住竹居的事。他忙說：「今晚我們不住臺北，看完您就去宜蘭。我要再次謝謝您，以前安排我住竹居。」

岳之清說：「近來好多人要求住竹居，很煩。最近沒有精神盯傭人做菜了，今天不請你們了。」

韓峰看見秦先生站起來，直對他使眼色，就拉起紀娟娟向岳老師告辭。

出了門韓峰自言自語：「她今天很繃緊，怎麼回事？」

紀娟娟說：「有可能是患了阿茲海默症，病的初期會出現冷漠的態度，也會情緒不穩。」

韓峰想，時間會把人藏起來，以前的岳老師在哪裡？

每次有客人來訪，岳之清的潛意識層湧動著念頭：人，有必要慷慨嗎？我現在過得那麼苦，頭痛到像腦子裡有一隻蟲在啃咬，肘關節痛到穿衣服也要人幫忙。接受過你的慷慨的人是不會管的，他們只會繼續期望你的慷慨，你是一種定型，甚至偶像，虛空的偶像，不是血肉之軀。我需要專注在自己身上，在減輕自己身體的痛苦上。

兩年後，二〇一〇年，岳之清去世了，各大報頭條下面的位置都有報導這消息。文壇女巨人肺炎病逝，享年八十一。她坐在自己追悼會家屬席一張看不見的椅子上，旁邊站著她由美國回來的女兒、女婿、兩個外孫。弔唁的人開始湧入靈堂，多到令她訝異，怕不有五百人，有文化界的知名人物、同期出道的老作家、各個年齡層她提拔過的作家，還有很多不認識的，大概是讀者。空間流動的不是哀戚，而是一種色彩鮮亮、充滿感性的情緒，排浪般地推向她、滲透她，剎那間她不再對人生負氣，剎那間，她自在了。當我們比較全面地瞭解自己的人生，不滿、執著、憤恨是會消弭的。

當韓峰和紀娟娟向遺體鞠躬時，他心中默念：「岳老師，您一定也在這裡，您看，感激妳的人都來了。」

——二〇一四年一月

第四輯　水窪裡的天空

遠和近

馮麗平靜地對他說：「趁我們還沒有固定，還是恢復做朋友吧，你沒事的。」

他舒展眉心，帶著點詫異說：「就照妳的意思。」

他心中想，她怎麼這麼平靜，她是不是有知心術，自己裝難過也逃不過她的眼睛。

不少馮麗的朋友都覺得她很瞭解自己，是知心的朋友，她常能道出自己內心的喜悅或悲傷。其實都是因為馮麗有中度遠視。兩人相約，對方還在三十公尺外，馮麗就看到對方了，對方臉上的表情、肢體動作都看得一清二楚，那是在沒有防備下，獨處時的表情。也難怪馮麗知道朋友的內心狀況。

這兩棟二十多層高的大樓遙遙相對，中間隔著兩條小街，兩條小街夾著一列四層樓的透天厝。所以兩棟大樓像是兩座小山峰，中間隔著條狹谷。馮麗家住十樓，對面大樓十樓上下的那幾層，只要不拉上窗簾，她不必用望遠鏡也看得見裡面的人在做什麼。馮麗大學二年級搬回家住，把房間的傢俱重新佈置，書桌放到窗前，做功課有事沒事就抬頭看對面遠遠的大樓。她發現臥室的窗簾絕大部分是所有時間都會拉上。客廳的窗簾常是打開的，想是人不喜歡籠中鳥的感覺。尤其是客人一多的時候，水晶燈輝輝煌煌，更有向對面大樓展示的意味。如果客廳裡是一男一女，常常沒多久窗簾就拉起來了。

對面的十樓有一個客廳從來不拉上窗簾。裡面一位老先生，一位老太太，除了吃飯睡覺的時間，都在客廳，是一對老夫老妻，傢俱的質地不錯，但很樸實，天花板上是一盞滿月一樣的大扁圓燈。右邊牆有一片大電視，電視旁是大門。正對著馮麗是一張小沙發，牆下是一張大沙發，沙發米黃色，應該是真皮的。他們倆在客廳的位置也是固定的，丈夫坐大沙發，太太坐小沙發。

看了幾個月，馮麗從來沒有看見他們夫妻一同坐在大沙發上，有一次老太太接對講機後下樓，帶回來一封信，她拆開信看完，遞給老先生看，然後坐回自己的小沙發，接著兩人說了幾句話後，又繼續看電視。除了看電視，老先生會看報紙，老太太會講電話。餐廳在另一個房間，他們進去後她就看不見了。馮麗想，人到老了，生活大概就是這般單調。自己父母現在正當壯年，忙到她很少見到他們。

馮麗發現半年來，這對夫妻從來沒有過身體的接觸，茶都是老太太端出來，她把他茶杯放在茶几上。也許到有一天哪一個中風了，另外一個人才會扶對方，抱對方。每星期有兩次一位中年女人帶菜來，打掃清潔，做一頓飯，其他時間是老太太做飯。他們好像沒有朋友。舊曆除夕前幾天，馮麗一直注意有沒有子女回來，一直沒有人來。

除夕那天，馮麗跟著父母去爺爺奶奶家吃年夜飯。一回到家就往自己房間跑。那客廳裡居然有五個人。老夫婦還是坐在他們自己的沙發上。老太太沙發後面站著一個三十多歲的女人，雙手環在老太太胸前。老先生的旁邊坐著個高個頭、白皮膚、棕色頭髮、四十歲左右的男人。一個七、八歲的男孩坐在地上，玩放在茶几上的平板電腦。馮麗想一定是定居國外的女兒帶著丈夫、兒子回來過年。接下來五天，客廳的進出頻繁，一家五口同進同出。五天以後，客廳回復了二老的清寂。

一天傍晚馮麗帶系上兩個女同學到自己家附近一家小館子吃火鍋。旁邊一桌有兩個人坐下來。那位老太太身板很挺，那位老先生很高，有點駝。一看身形和坐下的姿勢，馮麗就認出他們是對面客廳裡的老夫妻。他們的對話，聲聲入耳，馮麗想這不是因為自己耳力好，而是因為兩位老人家重聽，以為對方也聽不清楚，所以用喊話代替說話。

老先生吩咐老太太：「不要叫牛肉片，不要叫豬肉片，叫羊肉。電視上說牛肉可能有狂牛症，對身體不好，豬肉吃了容易瀉肚子。」

老太太說：「好，好，吃的聽你。囡囡說孫兒冬天流鼻涕，以前囡囡小時候流鼻涕，你叫我用滾水煮薑，給她泡腳，對吧？」

他說：「是生薑，還要放蒜。對，告訴囡囡做給孫兒泡腳。」

她說：「囡囡怕小孩不懂中文，想暑假帶孫兒回來參加兒童夏令營，你覺得呢？我覺得跟丈夫分開兩個月太久了，何況是老外。」

他說：「妳說得對，男人不能放著長時間不管。我們兩個，除了我出差兩、三天，天天都在一起。其實我也不放心妳，我出差時，以前追妳的同事有沒有約妳吃飯？」

她說：「哪有這種事？」

馮麗回頭看她，遠看姣好的五官，眼角刻了魚尾紋，頰上有幾點老人斑，但她嫣然的微笑有那麼一點保留，真有人約過她嗎？馮麗想，原來他們的世界不清寂，有了聲音，有了念頭，這世界何其豐富。

——二〇一六年六月

櫻花的國籍

放眼望去，整部遊覽車坐的都是一對對六十出頭的夫妻。一片輕聲的臺語對話，大多是在談孫子、孫女、外孫、外孫女的趣事。都緣於一九六〇年代、一九七〇年代臺灣本省家庭的觀念認為小學老師、中學老師是穩定的、受尊敬的職業，因此各階層家庭的女兒，中下階層家庭的兒子，很多人考進師範學校。男女老師之間結婚的也特別多。這些老師多是五十多歲就退休，常常這般結群參加旅遊團。

這部遊覽車裡只有一對坐在前排的夫婦用國語交談。他們又比車上其他人年齡大些，七十出頭。女的叫林羅薇，容貌顯不出已經上七十了，因為比較圓潤，她對先生林在光說：「你看！你看！路邊那棵臺灣山櫻！三月中旬了還在盛放，洋紅色真好看，像林風眠對鏡仕女圖中美女袍子的顏色。」

她是學藝術史的，做到美術館副館長退休。

林在光說：「看，那房子後面是吉野櫻，一樹粉紅色的花。林務局說阿里山上的吉野櫻共有一千九百五十六株，各種櫻花中以它數目最大。現在正是它的盛開期。」不錯，他對數據掌握精準。他在銀行做到總行經理退休。

羅薇正經地說：「我喜歡看臺灣山櫻，像一簇簇風鈴吊在枝上。」

林在光望著窗外疾馳的風景認真地說：「好，我幫妳找臺灣山櫻。」

方才兩個人一談到櫻花，忽然臉繃起來。他們同時記起四十多年前，結婚前一個月因為度蜜月的地點而吵的架。高高瘦瘦的林在光說：「三月底去日本可以看櫻花，又可以泡溫泉，我們銀行跟旅行社有合作案子，去日本會打七五折。日本當然是首選。」

羅薇粉嫩的鵝蛋臉很嚴肅：「結婚以後我可以陪你去日本，但度蜜月我不要去日本。去香港度蜜月罷，可以坐纜車去山頂，可以到避風塘的艇仔上吃海鮮。」

他眼中發火了：「三年前香港才發生暴動，還死了人，為什麼去那個危險的地方？妳還不是想去落馬洲望大陸！」

羅薇的臉氣得漲紅：「我說了嗎？我說了嗎？要去也是陪父母去落馬洲，才不會跟你去！」

她的父親抗戰時期打過長沙保衛戰。

林在光說：「結了婚還跟娘家人趴趴走，這像話嗎？」

她叫說：「連跟父母在一起的自由都沒有，這個婚不如不結！」

餐桌上放滿了他們搬進新家帶來的、或為新婚購買的東西。她氣得把一個木製筆筒用力掃到地上去。他也用腳踢翻新買的木製小圓凳。但下意識地他們都沒有去摔餐桌上的玻璃杯、玻璃花瓶。兩個人背對背往客廳的兩端走去。他們目光觸及牆上掛的水彩畫，他們的心鬆動了，這兩面牆上的水彩畫是他們兩個人一同去畫廊買的，這個新房是他們一同找的。背對著背的兩個人想到他們的婚姻得來不易。林家反對他們的婚事：怎麼可以娶外省女孩？還是軍人家庭！經過七個月的奮鬥，她每一兩個星期都送去林家自己做的煎餃、春捲、手焙的糕餅，給他父母吃，他甚至跪求過她父母，才爭取到同意。

羅薇回頭說：「光，好的，我們就去日本度蜜月，知道你喜歡看櫻花。」

他回身向她走過來：「去夏威夷好了，以後不要這樣吵了。」兩個人好像在比誰更寬容、誰更體貼。

遊覽車在一千四百多公尺高的奮起湖放下一車遊客。林氏夫妻去參觀舊火車站。林在光讚歎道：「這條阿里山森林鐵路是一百多年前修的，這裡是全線唯一的雙月臺。因為是轉運站，由下方上來的車是客運、貨運兩用，再上去就是只運木材了。整條鐵路到現在還能用，日本人的技術真先進。」

她像是提醒他：「這森林鐵路是為奪取臺灣珍貴木材而修的……」

他插嘴說：「為了把檜木、杉木運去日本起神社。」

羅薇笑了，會心地，丈夫早就懂得如何化解他們之間的結。

這部遊覽車停在林務局的阿里山工作站，大家被這片色彩繽紛的櫻花花海震懾住了，更壯觀的是群樹下近千個遊客像海上波濤一樣洶湧。大人忙著拍照，小孩在人群中鑽來鑽去。他們夫婦來到那棵阿里山櫻王樹下。欄杆把它圍住，所以它有自己一大片草坪，它像是巨大的、上升的白色火焰。雪白的群花又帶一絲淺淺的粉紅色，因為花蕊是粉紅色，純潔中流露一絲情愫。

林在光和羅薇目瞪口呆地並立在花樹前，周圍的人流人聲消匿了。他們與花樹面對面。她伸手握住他的手，說：「好美麗的吉野櫻花。」

是一種純粹的美化解了人的分別心。

——二〇一七年五月

遇狗記

馮樂的室友吉兒邀請她去高雄市區的家玩，馮樂猶疑了兩秒鐘，因為知道吉兒家養狗，而她怕狗，超過怕蛇。都因為小學一年級時的一樁意外。她跟著村子裡的小夥伴們去田野玩耍，一行六個人，兩個同班的男同學都喜歡找樂樂玩耍，因為她精靈，鬼點子多。其他三個是高他們一、兩班的男孩、女孩。

樂樂把向前奔跑的另外五個人叫住：「看，那家的圍牆裡面有一棵大龍眼樹，龍眼熟了。」

樂樂帶他們到旁邊的疏林中拾到一條約兩米長、前面開岔的堅實枯樹枝。他們躡手躡足向那孤立在田野中的家園逼近。在紅磚牆下，他們推舉個子最高的男同學去執行採龍眼。五個人正仰著頭望著高個子用樹枝叉住一串幾十顆龍眼的細枝，他正準備扭那根枯樹枝的時候，聽見狗吠！一隻全身黑溜溜的狗由牆的拐角處出現，向他們奔跑過來，兩隻犬牙在陽光下閃著刀光。他們六個人撒腿就跑。

樂樂個兒最小，腿最短，自然落在最後，因為怕幹偷竊給逮著，所以更驚惶。她聽見汪汪聲愈來愈近，自己心跳聲愈來愈隆，前面的腳步聲愈來愈遠，狗的喘息愈來愈近，腳下給小石頭一滑，撲倒在地。她感到狗爪子抓住她的長褲，腳踝給狗咬住了。她放聲大哭；嚇得驚魂，失去知覺片刻。等她回神，五個夥伴已回頭朝她跑來，扶起她。樂樂哭著說：「我腳被狗咬了，狗咬了！」

小夥伴趕忙查看她的腳，右腳踝上有六個牙齒印，可是沒破皮。她眼睛驚鳥似地亂竄：兇狗呢？兇狗呢？小夥伴說牠咬了她就回去了。

兇狗是一隻純種的臺灣土狗，端坐在圍牆另一邊的大門前，神氣地豎著雙耳，伸出嘴來粉紅色的舌頭上有三個圓形黑斑。牠想：「好大膽子，竟敢偷我家水果，諒在我家沒有損失上，才放過你們這群小流氓。丫頭識相，懂得趴在地上投降，否則咬到她腳斷。」

樂樂坐在吉兒英國牌 Mimi Cooper 小車裡，吉兒是大學裡少數開車上學的同學。樂樂說：「我很怕狗，小時候給狗咬過，你家是什麼狗？」

「不必怕，是拉不拉多，那種可以做導盲犬的，很溫馴，從來不咬人。」

吉兒的家占地五個透天厝大小。她把車停在可以放三部車的車庫，裡面已經停了一部賓士300。吉兒放下車庫捲門，拍卡打開通往裡面的門。門裡是一個小花園，樂樂看見花園通往房子的大門前立著一座黑狗的雕像，再看牠的尾巴在地上擺動，原來是隻活活狗。她一把抓住吉兒的胳膊：「是黑狗，比咬我的大一倍。」

吉兒拍拍她的手：「拉不拉多也有黑色的。米米，這是我的朋友，樂樂。」

米米動也不動坐在雕花的木門前，牠正感受這位客人：「小主人的朋友很怕我，不要嚇到她。一定有辦法讓她不再怕我。」

米米一直等她們進了門才跟進客廳。她們兩個人一人一頭坐在一個長沙發上聊天，米米就走到小主人那一邊躺下，把下巴枕在吉兒一隻腳上。用一雙友善的棕色眼睛望著樂樂。

樂樂心中還是有餘悸，口中說話，眼角看住狗，牠一直動也不動，把下巴枕住吉兒只穿拖鞋裸著的腳面上。樂樂看看錶，足足十五分鐘牠動也不動，個性挺穩定的。牠雙眼一直望著自己的臉，沒有一絲兇光。她比較不緊張了。

兩個人喝完了幫傭鮮榨的橙汁，吉兒叫樂樂跟她上樓去自己臥房。米米也站起來，樂樂緊張地拉著吉兒胳膊細聲地說：「吉兒，狗也要跟進你房間嗎？」

「不會的，牠只是送我們上樓。」

緊張的樂樂顧著一面聽吉兒的話，一面望住米米，沒有注意到通往樓梯有一個平臺，上平臺有兩個臺階。樂樂踢到臺階，身子往前撲倒，雙手撐住平臺地板，感到大腿沒有撞到臺階，而是落在軟墊一樣的東西上，一點也不痛。她忽然意識到竄到她大腿下是黑狗米米。是牠要救她嗎？樂樂爬起來，米米也站起來，正咧開嘴笑，棕色的眼睛流露欣慰。樂樂帶著一絲笑意，感激地望著米米。

——二〇一六年十月

人生狗生

淑玉養了一隻大麥町，俗稱斑點狗。以前養過兩隻都是混種的，她想這次要養純種狗，因為純種狗的個性和特長比較容易掌控。這隻兩個月大的大麥町買回來還附送一張香港純種狗協會頒發的血統證明書。從此她上網勤查大麥町的知識，好因材施教。她替這小狗起名字叫麗麗，因為牠真的很美麗。兩個月大的時候全身白得像雪，小方臉上一雙黑亮的、靈動的大眼珠。翻開牠白色的短毛，粉紅色的皮膚上有淡灰色的小點。到三個半月大的時候，白毛中生出小斑點，黑色的。麗麗的黑色斑點不密集，也沒有大片的黑，白底上稀疏的黑圓斑，清爽而亮麗。

小狗三個月大的時候，淑玉每天都帶著牠到大學宿舍外沙灣徑的人行道上散步。麗麗跟在她腳旁邊走，很努力地跨步而行。淑玉放慢腳步，好讓牠跟得上。有一天帶著牠走在人行道上，走回宿舍。忽然淑玉發現腳邊的小狗不見了，回頭看見一個女子朝反方向走，她的腳邊跟著麗麗！淑玉驚呆了，牠怎麼跟別人走了？再看那女子穿著跟她一樣，白色襯衫，米黃色卡其布長褲，白色運動鞋。原來麗麗是認衣著的！淑玉覺得太好笑了，就站定看牠跟一個陌生人會跟多久？牠跟了二十公尺，一人一狗忽然站定，那女子低頭望狗，麗麗抬頭注視她，淑玉這才大叫：「麗麗！」麗麗回身向淑玉狂奔，跳入蹲下的主人懷中。

我的歡樂時光就是到家外面去散步。世界好廣闊，氣味好豐富！有各種樹葉不同的香氣、行人行狗道上的水泥味、馬路的柏油味、汽車駛過的油煙味、主人兩隻大柱腿褲筒的棉布味。這天我們本來是往回家的路走，可是主人忽然往反方向走，而且步伐加快，我拚命跑。忽然主人的大柱褲筒停下來，我望向主人，她怎麼變胖了！因為停下來，她的氣味濃郁了，奇怪，味道不對！這不是主人！我聽見主人的聲音由後面傳來！親愛的主人，原來妳在那裡！以後我再也不靠衣服的味道來認妳了。

淑玉查到網上說，十九世紀英國貴族的莊園大多飼養大麥町，牠們在貴族坐馬車出遊時，跑在馬車旁，做馬車的護衛，這種狗喜歡規律性的跑步活動。所以到麗麗三個半月大的時候，淑玉安排一人一狗的賽跑活動。大學宿舍一共有五棟，蓋在一個巨大的長形平臺上，所以一人一狗在平臺上賽跑五十公尺。淑玉不屬於運動型，但是要跑贏三個半月大的小狗綽綽有餘，所以跑到一半她會停下來站著等牠，到牠跑齊頭了，她再跟牠一同繼續賽程。

到麗麗四個半月大的時候，牠已經跑得比淑玉快了，現在是跑一百公尺。麗麗超前她一段路以後，居然站定回頭看她，等她追上牠再跑，淑玉心想，真會有樣學樣！再過半個月，麗麗超前更多，牠居然坐下來等她。淑玉想，這麼好整以暇，太不給我面子了。

> 我真的很喜歡跟主人賽跑，尤其是她那麼愛我，那麼體貼，常站住等落後的我追上來，就像當年我幼童時期的散步，她會放慢腳步。四個半月大時的賽跑就贏主人了。我也學她，距離拉遠了就站住等她。過了十幾天，看她落後太多，我只好坐下來等她，因為我的心激蕩著要繼續跑的欲望，坐下來才能穩住我躁動的心，好好等主人。

麗麗五個半月大的時候，有一天傍晚，淑玉帶牠下樓到平臺賽跑，一對英國夫婦在大門外叫住她，那位棕髮長臉的太太說：「妳是住這棟的七樓罷！我們住六樓。妳的狗常常吵到我們，牠會在樓上跑來跑去！」

淑玉瞪大眼睛說：「不會罷，牠在家裡不跑步的。」

那位太太說：「就是在客廳的位置，繞著圈子快跑，跑很多圈，像打雷一樣。」

淑玉想，鄰居沒有理由誣告一隻狗，所以她正經地向他們道歉。回到家淑玉思索，麗麗真的沒有在家裡跑步過，難道是她不在家的時候偷偷跑？第二天早上去大學前，她用白色粉筆來擦麗麗的四個腳掌。等下午回來，客廳那套沙發、茶几的外圈，木地板上有很多白粉腳印。原來麗麗是在主人面前裝乖。網上曾說：「大麥町會聰明到可以意識到是什麼情況下主人可以不必或不能給牠施加命令。」麗麗的確聰明。但也不能怪牠，身為馬車護衛的後代，一百公尺賽跑是無法滿足牠的。

由那對男女跟主人說話的態度，我嗅得出他們不滿主人，他們用眼角看我，散發敵意，但是不知道他們在告我什麼狀。當主人在我腳底擦粉，我知道在家跑步出問題了。三個月大時，在家跑步被主人喝止過。我絕對不會當面做令主人不高興的事。但是我的心臟狂跳要跑步，每天我禁不住自己狂奔的衝動。

次日淑玉帶麗麗到宿舍附近山坡的樹林中，放牠跑上半小時，麗麗歡樂地繞著她跑圈圈，越跑圈子越大。狗固然有時猜不透人類的思維和行為動機，但是我們人類又何嘗知道狗的思慮遠比我們想像的情深義重呢。

——二〇一八年八月

樹精

在他一千九百九十九歲的一個夏日，他已經焦慮了幾天幾夜了，擔心到全身的汁液運行極其緩慢。他預知就在這一個夏天會遭雷劈，也許天火會把他焚燒到只剩下焦黑的樹樁。你會問說，一棵樹怎麼可能有神智？怎麼會預知自己的未來？中國古書有記載，在戰國時期寫的一本歷史書《國語》，其中「魯語」一節說：「木石之怪曰夔、罔兩。」指的就是樹精、石精。我想就像女人胚胎中的胎兒在某一刻忽然有了靈魂，古樹也就那樣有了靈魂。

這棵紅檜是在八百歲的時候有了靈魂，滿八百歲那一天，他聽見了，看見了，知曉了。最先聽到的是各種鳥的叫聲，有白耳畫眉、頭烏線鳥、山頭紅，看見一隻雄的白耳畫眉向雌的獻歌。看見山頭紅夫妻對找蟲吃的地點爭持不下。從那一天開始，他專心去瞭解自己枝上、葉間的生物，也去瞭解自己周圍的眾樹和眾生。在他周圍有近百棵紅檜，其中十多棵都在八百歲以上，也都有了靈魂，每天日出時分，他們在晨霧中互相打招呼。

他這棵紅檜比較特別，善於靜靜的、細心的視察。在紅檜樹林中常經過的動物有山羌、羚羊和月亮黑熊。甚至有一對山羌就在他樹腳下，熱情地追求、結合。他瞭解到動物、鳥們跟紅檜族的傳宗接代方式不同。動物和鳥類是兩個個體，受欲情驅使，死命地結合在一起。紅檜則雄的、雌的都活在同一棵樹上。在三月時分，紅檜會整棵樹都陷入情迷狀態，花粉在花穗上成熟，胚珠裡的胚囊渴望地張開著等待，等待風把花粉送來。整棵樹由地底下的根鬚到樹頂的葉子都感到騷動。這不是一樣也受欲情的驅使嗎？

接下去的兩百年，紅檜專致地觀察，包括一切他能感知的。雖然他沒有行動的自由，只能由一棵樹的定點對周圍作觀察，卻累積了豐富的知識。他是到一千歲的時候才經驗到動情，對象是一對大赤啄木鳥。那一對光彩耀目的鳥兒，雙雙飛到自己四十公尺高的樹冠之上，頭上紅色的羽毛、黑色的翅膀，底襯整個天空的藍，他們一面翻身交錯飛翔，一面大聲歌唱。紅檜深深被他們的活力、美豔和歌聲吸引了。然後他們飛走了，紅檜就跟著去看他們做什麼。他們飛到三公里外的雜木林中，各自橫釘在一棵枯木上，開始啄木，鳥喙速度之快令他目瞪口呆。夫妻鳥各自用喙拉出一條小蟲，雙雙飛到一棵山毛櫸枯木幹上的小圓洞前，有三張小嘴在洞裡大大張開。他們居然已經有了小孩！紅檜覺得太有意思了，他忽然驚覺，自己居然能夠神遊體外！這可是積了功德才會發生的事，他何德何能？

紅檜向啄木鳥夫妻請求說：「你們能不能去啄活樹的蟲子呢？樹們會感激你們的，請你們做樹醫罷。」

啄木鳥也對這個綠色的樹靈有好感，他們說，雖然啄活木比啄枯木辛苦，他們願意做樹醫。

那兩年紅檜天天陪這對啄木鳥，那是他的幸福時刻。他也發展出自己的能力，有一次他看見這對鳥兒在啄木時驟雨忽至，把他們淋個濕透，紅檜跟雨雲求情，請雲們暫停止佈雨，於是紅檜跟雲們有了交情。一天清晨，他到山毛櫸的樹洞來探他們夫妻，看見雌鳥動也不動地躺著，雄鳥哀傷地不斷用喙去推她。紅檜知道，這就是死亡。他像雄鳥一樣，不能接受她的死亡。不吃不飲的雄鳥三天以後也死了。紅檜躲回自己的樹軀之中，被絕望吞蝕。有幾個小時，他身上幾千片葉子停止了呼吸。幾天以後的破曉，旭日照亮樹冠的時刻，他領悟到死和生是必然發生的，是一體兩面；悲哀和快樂亦如是。他恢復了平衡和寧靜，樹葉也深枯黃轉為青綠。由那一天開始，他變成樹精了，可以在幾百公里內自由遨遊，也打破了時間的限制，知曉一點點未來會發生的事。

現在我們回到故事的開端，在他一千九百九十九歲的那個夏日，生死關頭終於來臨。風起了，雨雲密集，天地佈滿閃電。他對天空說：「感謝上蒼給我生命，給我清淨的兩千年。請護佑所有像那對大赤啄木鳥一樣的生命，我甘心接受天劫。」迅雷劈了下來，劈斷他一條大樹枝，並沒有著火。

迄今這棵紅檜還站在拉拉山神木群中，編號二十一。

——二〇一五年五月

三人行

小晴、小秋、小慧三個初中老同學在學校本來就親密，她們由不同的大學畢業後，湊巧都在南部工作、結婚、成家。每年一次聚在一起出遊，結婚生子以後也熱忱不減。三人行連丈夫、孩子都不帶，因為她們享受的是一種心情，一有外人加入就回不去的少女心情。這年，二〇一四年，她們已經四十出頭了，一起去遊墾丁公園。

像她的名字一樣，小晴開朗樂觀，做事總是專心一致，她開著丈夫那部鐵甲堅實的Volvo，駕車技術一流。小晴是醫院的檢驗師。

三個人在風吹沙路邊下車，走下白沙堆積成的大山丘。十二月初，東北季風開始吹了，把沙由海邊逆向刮上山丘。小晴走在前，小慧走在中間，小秋落在後面。小秋是高中的國文老師，三個人中她最好看，也最多愁善感。她想這種地形太不穩定了，因為沙的移動，每一秒都改變，舊的地貌瞬間消失。沙打在她的臉上，小針似的，大自然有無情的一面啊。

走在中間的小慧高瘦健美，她四顧這座巨大的山坡，遊客不算少，有五、六十人，散佈在大沙丘上。應該都是慕風吹沙之名，來體驗風勢和沙勢的。

小晴捧著她的單眼相機，想要把這兩個身材婀娜的女人，框在淺藍的天、深藍的海和象牙白的沙灘中間，她指揮小秋、小慧，兩個穿著一紫一綠風衣的模特兒，要挺直身，要叉著腰。小秋叫道：「妳別折磨我們了，沙打得臉很痛呢！」

小慧說：「妳就聽話罷，每年我們都要留下美美的照片。」

這時一個高大的男人向她們走來，一步一步踏著沙，小秋覺得他有蠻牛的那股勁，他走到小晴身邊，站定瞪著她們兩個模特兒。他大約四十多，身材魁武，臉上多肉，眼中射出一種氣憤。小秋緊張起來，直覺這個男人精神不正常，好像有暴力傾向。

拍照的小晴卻根本不理身旁這個陌生的彪形大漢。第一個場景拍攝完畢以後，指揮小秋和小慧轉一百八十度方向，要拍以沙丘為背景的照片。小晴說：「我們要拍出戈壁大沙漠的氣勢。」

攝影師小晴走到哪裡，那個高大的男人就跟到哪裡。當她們兩個模特兒擺好姿勢，小晴準備按下快門的時候，那個男人突然由小晴身邊向兩個模特兒快步走來。小秋似乎聽見他衝過沙織成的網時，發出的颯颯聲，他眼中射出一種瘋狂的欲望，還張口大聲嚷：「我要！我要！」

他是要抓她們兩個嗎？打她們兩個嗎？小秋嚇得倒在小慧身上，一隻手用力握住小慧的手臂，全身發抖。

小慧站得牢牢地，用身體撐著倒在她肩上的小秋，在那個男人衝到她跟前時，小慧很平靜地、清楚地對他說：「你要，可以，現在輪到你了。立正，向後轉。」

那個男人居然真的在她倆跟前站住，向後來個三百六十度轉身，面對著攝影師小晴。小慧說：「小晴啊，他要的是拍照，妳幫他拍。」

小慧拉著身體發軟的小秋橫向走開。小晴對那個男人大聲說：「你不要板著臉，拍出來不好看，要笑。」

小晴一隻手高舉，手指作V字形，說：「兩隻手高舉，用手指作V字形，這樣很帥。」

恢復了平靜的小秋，不可置信地望著那個彪形大漢，乖乖地高舉雙手，手指作V字形，露出憨笑，非常高興的樣子，原來他不是暴力傾向的精神病患，是智障者。

這時一位枯瘦、弓背、滿頭白髮的老太太急忙走過來，對她們說：「對不起，對不起，煩勞妳們了。」

她又對男人說：「阿輝，孩子，回家了。」

那個男人小狗似地、低頭跟著老太太走了。

小秋捫撫著胸口問小慧：「妳怎麼看出他是智障的？」

小慧說：「他走路踏得很重。注視我們和小晴的時候，目光轉移得很慢，應該是中度智障。小秋，妳也不錯，發現他異於常人。」

小秋一臉愧疚：「太丟臉了，自己嚇自己，把人家當瘋子，如果傷害到他自尊，都是我的錯。小慧，妳不愧是心理輔導師。小晴，妳有沒有發現他不正常呢？」

小晴的圓臉展開笑容：「他來看我們拍照有什麼關係呢？幫他拍，讓他開心也很好啊。我根本不覺得他有什麼惡意。」

你覺得她們三個人哪個比較有智慧呢？

——二〇一五年十一月

魂迷高流灣

甄教授帶的登山隊，走完一個冬天，已經到了二〇一二年的春天了，港、九、新界的山徑，能力所及的，已經走遍了。甄隊長上網查到某登山隊分享的一條路徑，由西貢郊野公園、北潭坳的樹林進去，翻過兩座山，終點是高流灣旁的高流村，路程兩個半小時。高流村是個小漁村，有一家海鮮酒家，可以在那兒吃午餐，餐廳旁又有渡船通往黃石碼頭，歸途便利。甄隊長想，隊上有兩個腳程弱的，馮晶和左友莉，必也能勝任兩個半小時的路程。

一行九人在北潭坳的雜林裡，探了兩個入口，都走幾步山徑就無路可通。終於找到那個林木掩住的入口，在密實的林中往上爬。馮晶想，雜草居然高到她肩頭，枯草鋒銳如刃，頭上是樹林不見天日，她有點驚恐，還好聽見隊友在前方傳來衣服與草刃摩擦的沙沙聲。

好不容易爬出樹林、密草，登上小山頭，眼前一座陡四十度的山，環山腰有一條小徑，不巧前兩天下過雨，小徑化身險徑，泥濘濕滑，如果不小心，就會滾落山谷。馮晶心驚膽跳一步探一步走完險徑，到達一座大山的山腳，隊友都不見蹤影，只留下她與左友莉。前面幾塊石頭上坐著五個陌生人。問他們有沒有看見七個人，說普通話的。他們說十多分鐘前上山了。問多久才到達高流村；說還有兩小時，先登上這座山，再越過一個草嶺才下山到海邊。

她們兩人終於登上山頂，雙腳已經軟了。但在山巔一看，卻目瞪口呆，那不是山巔，而是一望無際的大草原。草原上平地升起幾個山壟，像是韓國的皇陵，壟前只缺塊石碑。草原右方遠遠聳立一座像鐮刀尖的山峰，就是著名的蚺蛇尖。馮晶看見蚺蛇尖山脊上有一隻隻小蟲在蠕動，竟然有人登上蛇頭。在草原上走了半個小時，越走越覺得自己渺小，小螞蟻似的。突然海在前後左右出現了，山與海處處交接，之上天穹透藍，長坡入海斜千尺，群島浮波列四方，真壯觀，她感到自己渺小如微生物。前面有七個人臥在草地上看海看天，原來是隊友在等她們。

下山的路彎得像腸子，路邊大岩石、小岩石，像擺石陣似的。彎了幾個彎，又只剩下馮晶和左友莉。下到山腳似乎回到文明世界了。山腳下一條水泥路，路盡頭有水泥階梯，階梯盡頭是海灘，面對沙灘有一列十多間房子，想必是高流村了。她們大叫：「甄隊長！」

沒有回應，去查看那些房子，全是廢墟，一個人也不見。奇怪，是不是到達水泥路時應該左轉呢？隊長是怎麼說的呢？她們回到水泥路朝另一個方向走，進入密林，路旁有鐵絲網圍住，告示上寫「福音戒毒所」，朝裡面望，也沒有人，陰森森的裡面是不是住著吸毒者的亡魂呢？左友莉忙給隊長打電話，打很多次都不通。她們是否進入了幽靈的地盤？她們慌張地在水泥路上來回走了三次，終於想到了科學的解釋，在新界接近大陸的荒郊，電訊往往會失靈。終於兩人站定，分別給另外六位隊友打電話。奇蹟地接通了章教授，原來那個廢墟是蛋家灣，由蛋家灣海灘右轉，走十多分鐘就會到高流村。當她們二人與隊友會合時，已經走了四個多小時。

二〇一三年春，這隊人馬又走了一趟高流灣徑。馮晶覺得穿越第一座山的那片樹林、長草沒什麼好驚恐的，山腰小徑一點也不危險，水泥路一點也不陰森，更沒有再發生上次經歷過的鬼打牆。人是會被未知嚇倒，自己想像出很多可怕的事，人必要恐懼嗎？唯有大山大海依然壯麗。

——二〇一四年五月

第五輯

流沙

他在家中自己整整齊齊的房間裡，躺在床上，心想：「她實在霸道，說要去沖繩，就去沖繩，說要坐豪華郵輪，就坐豪華郵輪。上次去長洲，明明見過我在船上反胃的樣子。完全不替我著想，為什麼還跟這麼自我中心的人繼續？」

她在租來的、何文田山的大樓公寓中，躺在淡粉紅色床罩的大床上，心想：「這次發現他的另外一面，他講了兩次最好坐飛機去沖繩，又說坐郵輪比較貴。以前的大方是裝的嗎？這才是真正的他？還說我電影看多了，以為坐郵輪才算上流社會，他明明奚落我愛慕虛榮。怎麼可以跟看不起我的人繼續呢？枉費我的好心！坐郵輪還不是為了找回我們以前的甜蜜！」

他由床上坐起，心想：「倒也不是虛榮的問題，是她的出身。她在澳門這個賭城長大，從小聽父母講經營餐廳、飯店的生意經，金錢是她思想的底子。我爸媽是銀行業高層，他們的話題大多是分析香港的、國際的政治、財經大事。而我的心思都放在研究上，生活只要過得去就好。那以後怎麼辦？我們好了一年，但這兩個月兩人話題愈來愈少了。都是聽她在說她家族的事、說豪門的八卦、最新流行的時尚。兩個人是沒有未來的。是時候結束了。」

他站起來，走出房門，走出家門，兩個人都住在何文田區，只隔十多個門牌。她由床上坐起來，心想：「其實他不是看不起我，只是個書呆子，心思放在電腦程式設計上。天啊，一年前我為什麼一見鍾情地喜歡他？是因為他俊俏的臉、他的斯文。但他真是沒趣，完全不潮。對我說的話沒有什麼反應，偶而一句又頂心頂肺。將來怎麼相處？已經一個月沒有上來過夜了。還是結束罷！」

她下了大床，走向梳妝臺，她的手機在梳妝臺上。

大樓門口的警衛看見進大樓大門的是他，點了點頭。他上了電梯來到她家門口，手伸向門鈴，手指在空中猶疑了三秒鐘。她來到梳妝臺前，左手拿起手機，右手正要按號碼，手指停在空中，猶疑了三秒鐘。門鈴響了，她知道是他，心想，是時候談分手了。她打開門，兩個人對望那一剎那，兩雙眼中繃緊的果決忽然鬆弛了，像是放在杯裡熱水中的一塊冰，一下了融化了。兩個人緊緊地相擁，也沒管大門仍然開著，他們的唇膠著在一起，忽然又完全捨不得彼此了。那杯中的熱水是一年來很多夜晚親密的累積，是初交往時那種牽腸掛肚的吸引。但熱水總是會攤涼的。三個月以後，他們分手了。

如果說這是兩個人的緣分盡了，不如說是兩個人累積了多少愛，要被分量相當的怨全部抵消，才是緣盡和平分手的時刻。

——二〇一四年八月

三角習題

雲綠忐忑地跨入會議室，她即將見到院長候選人方宇同教授了，因為學校慣行的作業，是安排排名第一的候選人來給學院的同仁做學術演講。她已經十八年沒跟他見面，十八年前他們在撕裂中分離，是分離而不是分手，因為還沒有真正好過，那時雲綠已經有固定的男友李竹，但是處於不穩定的狀態，因為她不十分肯定是否要跟個性內向的李竹過一輩子，所以沒有拒絕方宇同的追求。她在讀東亞系的碩士學位，而他們兩個是歷史系的準博士，都考過了論文口試，正在修改論文。

她跟方宇同在一九九四年夏初認識，到那年夏暮就分離了，分離的那個下午，他們兩人坐在威士康辛大學湖邊的咖啡座上。雲綠披著長髮、個子嬌小、五官娟秀、態度柔和，正是男孩子成家的理想類型。她細聲地、堅定地說：「我想我們以後不見面了，對不起你，你的熱情、你的衝動都是難見的優點，可是令我害怕。」

他每天都要跟她在一起大半天，會在門口等一個早上、會攔她的路。雲綠害怕這種激情，因為激情會無時無刻逼她做決定。

方宇同按下自己要噴發的情緒，切齒地說：「為什麼？李竹有什麼好？」

「我跟他交往已經兩年了，他溫和的個性比較適合我。」

方宇同忽地站起來，他的心往下墜，怎麼辦？終於遇上一個能激起他全部熱情的女人，但她不要他。他回頭就走，他知道不能回頭，否則不知道衝動會令他做出什麼事。

在雲綠跨入會議室門口的那一剎那，她想到十八年前分離時，他由咖啡座站起來，看了她一眼，眼中的不是怨恨，而是傷痛，那傷痛洩洪了沒有？

學術副校長陪著方宇同站在會議室講臺前，宇同看見雲綠走過來，眼中閃出一種她認得的東西，然後他平靜地伸手與她握手，還跟副校長說：「雲博士是我在威大的同學。」

雲綠非常輕微地一笑，對宇同和副校長點點頭。她坐下後，回想方才他眼中一剎那的閃動，記起分離之前的交往期間，他在路邊攔她，眼中就是這種迫切的、充滿掌控欲的目光。她的心紘緊繃起來。

方宇同在過去十八年一有機會就打聽她的行蹤，即使他自己已經有妻有子。他知道她的現況，嫁了一個任職跨國企業高層的美國人，住在港島的半山區，她則在這間位於九龍的大學中文系擔任副教授。

當雲綠踏入會議室的時候，方宇同眼前一清，她的面貌身材沒變多少，那種陰柔穎慧的氣質更強了，他太太的外貌跟她有點像，但沒有這種氣質，宇同內心的伏流湧動起來，但只是一剎那，很快他就全心做他的公關，專心發表他的論文。

面試流程完畢以後，方宇同坐在回美國的飛機上，往事充塞他的腦海。真正認識雲綠是在港澳臺同學會在大學植物園辦的野餐上。那天李竹沒有來，因為要準備口試，宇同原先就跟雲綠是點頭之交，也知道她是李竹的女友。他看見她一個人坐在離群遠遠的一棵大樹下，就過去跟她說話。她被他說的趣事逗笑了。她的笑像含苞的蓮花，清新而內含著一些沒有說出來的意念，像是她認為眼前這個人有非常活潑的生命力等。宇同因為這笑容背後的東西而栽進去了。

跟她分離第三天，宇同去見指導教授，在走廊上見到李竹，他們沒有說話，但他在李竹臉上捕捉到一絲得意，那種面對落敗情敵的得意。宇同的憤恨頃刻燃燒起來。就在那個下午，他向移民局舉報李竹在一家中國餐廳非法打全職工。不久李竹被遣回臺灣，在那兒找到教職。而方宇同進了一間美國一流州立大學任歷史系助理教授。之後他一路升遷，在他擔任系主任和副院長期間，常思考公正公平的問題。他對李竹肯定是不公道的、陰狠的。十多年來他有心情沉重的時刻，就因為他害過李竹。彌補的機會終於出現了，那間位於新界的小型大學考慮由臺灣聘李竹為正教授，請方宇同做評估，他寫了一封強而有力的推薦信。他聽說李竹下個學年會攜家由臺北到香港來任教。他自己也肯定會攜家來位於九龍的大學任文學院院長。已經淹沒在歲月之流中的三角，會在香港重現嗎？宇同對雲綠如何在掌控欲和公允之間找到平衡點？雲綠對兩個人的忐忑如何消解？李竹會不會有一天發現當年自己被遣返是誰告的密？

你以為人跟人之間的糾結會一次性完全解決嗎？愛恨情仇會糾纏下去，不在面對面的場合，也在心中進行，光是這一輩子都夠你煩惱。

——二〇一五年九月

月臺送行

高雄市後火車站的路旁有輛計程車停住，一位女子靈活地跨出來，她穿著牛仔褲，那件真絲上衣像藍色的水飄動著。身材苗條，容貌明麗得令人會多看一眼。近觀眼角的幾條紋路顯示她快四十了。她回身由車裡面摻扶一位頭髮全白的男人下車，他體型微微發福，像筆筒。計程車司機正由車尾箱拿下一件行李，白髮男人快步走過去，把那件半個人高的行李推走。那時，在一九九〇年代，行李還沒有伸縮把手的裝置，但箱子底下有四個小輪子，推起來不太費力。女子箭步追過來，騰出一隻空的手來推那件行李，說：「爸，你讓開，怎麼可以讓你推。」

父親用手臂格開她的手說：「這點算什麼？以前不都是這樣？」

她縮手走在他後面，沒有說話，還好現在階梯旁邊有一道長長的、可以推行李的斜坡，父親可以不費力地推上去；以前只有水泥階梯，當年父親輕鬆地提起行李踏上五步階級，再去買月臺票，送她進站，二十年前在一九七〇年代她第一次去臺北上大學就如此。大學四年每次來回都是父親直上月臺接送。母親因為三十多歲風濕病就發作了，只送她到家門外的馬路上。她清晰記得每次在火車站送行，她在車廂裡，父親站在月臺上，那時他還是位帥氣的男人，為她請假來相送。隔著車窗，他仰望的眼神充滿了懸念，像掛在窗前銀質的小風鈴。懸念什麼？懸念有男同學跟蹤她？懸念在西門町有流氓在人群裡跟蹤她，打她主意？

父女二人進了閘，要到第二月臺上車，先得走下二十多層階梯，又要再爬上二十多層階梯。她那行李中裝了母親幫她訂做的衣服、父親買的乾香菇、素罐頭、她愛吃的蜜餞、她買來帶出國的舊振南綠豆椪，所以行李還不輕。當父親握住行李把手提它起來時，她看見他的手有些顫，於是在他跨步走下第一行階梯的時候，她低身用手托起行李的底部，這是第一次父親沒有拒絕她的幫手。

父女兩人合力把行李搬上火車，放在行李圈內，他下了車，她也尾隨下車。二十年前她總乖乖坐在對號位子上，生怕下了車，火車不等她就開走。

她對白髮蒼蒼的父親說：「爸，回去你也要坐計程車。」

他只笑笑，她知道他一向節儉，等下一定還是會坐公共汽車。

他說：「快點上車去，免得等一下慌慌張張。」

她想能夠多陪他一秒就是一秒，下次回國不知是哪一年。她說：「太極拳你要天天練。」

「妳怎麼變得囉嗦了？」

她想，真的是如此，以前是母親對她囉嗦。

在火車開動前一分鐘她跳上車廂，快步走到自己位子上坐下，望著月臺上的父親，他像以前一樣仰頭望著她，臉上紋路縱橫，她心中一酸。父親的眼神跟以前一樣，充滿懸念，只是焦距有點散，是因為他的老花眼？

他望著車窗內的女兒，心中在想，詠妹的腳踝今早痛得很厲害，因為她怕女兒擔心，沒有在女兒面前提。現在她一定坐在客廳的大籐椅上，茶喝完了也不去添，因為連走到廚房腳都會疼，她一定在想念他，眼中流露等待，等一下趕快搭計程車回家。

我們不知道現實生活的磨難，加上歲月的催化，是會大大改變一個人的心思。

——二〇一三年十月

王子的變身

平平想，她要如何才能扮演好皇后的角色？還是一個狠毒的後母！用媽媽的眉筆把自己的嘴唇塗黑，把媽媽的深紫色大披肩由頭罩下來，因為個兒小，包住了全身，像阿拉伯女人那樣。披肩上佈滿黑色圓形的蝙蝠圖案，看起來有點陰森；平平不知道，在中國的文化傳統中，蝙蝠是福氣的象徵，因為蝠與福諧音。

扮演白雪公主的小雲，看見平平一身紫黑，嘴唇竟是黑色，嚇得哭出聲來。平平由披肩裡伸手遞來一隻小蘋果。

英英由沙發後面跑出來，在茶几上的花梨木紙巾盒中抽出一張紙巾，過來幫小雲擦眼淚。平平大聲說：「英英，妳回到沙發後面去，現在還輪不到王子出場。小雲，不要哭了，低下頭，接過蘋果，咬一口吃。」

下一幕是王子吻醒公主，平平指揮說：「快！快！我媽再過二十分鐘就回來了。小雲，不要老眨眼皮，緊閉雙眼。現在，王子出場，去親公主。」

躺在地板上的小雲，一身白紗蕾絲洋裝，洋娃娃似的，扮王子的英英是三個人之中個子最高的，皮膚黑黑的、橢圓的臉、單眼皮，著黑色長褲、白襯衫，她挺身走過來，頗有男兒模樣。平平會選角，至於沒人願意扮的壞皇后，她就自己演。英英俯下身，臉接近小雲時，閉著眼的小雲蚊子般輕聲說：「可以不親我的嘴嗎？」英英的臉停在她上空，一動也不動，小雲接著輕聲說：「不親我的嘴，給妳我的隨身聽。」英英的嘴在小雲的鼻子上啄了一下。因為角度關係，平平看不見到底親在哪裡。

三十年後她們都近四十了。那是二〇一二年，平平在大學做了系主任，她、小雲和另外六個小學同學在一家咖啡店等多年不見的英英來。小雲像小時候一樣內向寡言。平平問她的近況，小雲說十年前，父親生意垮了，她現在在小學教書，先生是中學教師。平平想她大概心中苦悶，看來身體瘦弱，面容疲憊。這時咖啡店門口走進一位高挑的時髦女子，說時髦是因為她的打扮，戴一對晃盪的金色大耳環，三吋金色高跟鞋，白色洋裝短到一雙大腿幾乎全露，她搖曳生姿地走到這一桌來。竟然是英英！全桌同學都連聲嘩！哇！英英說她上星期由加州飛回來，她先生是做地產的，美國人。平平想外國人對美女的標準不一樣，在他們眼中單眼皮的英英必然是美女。人既然被視為美女，就會把自己打造成美女了。近看英英眼皮上敷了淡紫色眼影，唇上塗了桃色口紅。

一年以後，小雲打電話給平平，約她在咖啡店見面。平平見小雲比一年前更瘦，更焦慮，不知道發生了什麼事。

小雲說：「我的積蓄三百萬元臺幣都沒有了，都是英英！」

平平叫道：「什麼？英英？她向你借錢，不還錢嗎？」

小雲一反常態，滔滔不絕，大概是沒有人傾訴，悶壞了：「不是的，不是借錢。你記得去年我們小學同學聚會嗎？過了三天，英英約我和另外三個女同學到華王飯店請我們喝咖啡。她談到她丈夫目前有一個投資項目，就是在加州買地，是她丈夫與朋友開的公司。她還拿著平板電腦，進入這家公司的網站，把那大片土地的照片給我們看，看得見遠處都是高級住宅，她說買了以後一年賣出，會賺到百分之四十左右。她還把自己的加州地產買賣執照給我們看。見了三次以後，我們四個人每人都買了一片地，還拿到地契。可是一個禮拜以前她來電話說，她丈夫那家地產公司倒閉了，我才意識到我投資的三百萬全部虧掉了。那通電話以後，再找也找不到她了。這是我教書二十年的辛苦積蓄啊！」

平平想人心多麼陰惡，會向最信任你的人下手；人又是多麼盲目，太輕信自己以前的印象。

——二〇一四年七月

發高燒

馮怡雲在這間位於洛杉磯的大學圖書館，珍本書部門，才查了一小時的資料，忽然覺得四肢無力，想去影印機那兒影印手稿，也站不起身來。也許是昨天坐飛機，由美國中西部飛到西岸，旅行一整天，累了。她決定回基督教女青年會館去休息。她拖著疲乏的步子，穿過陌生的校園，到對街的會館，回到房間沉入睡眠之前，依稀記起德宇寬闊的胸膛。前天晚上他們還在一起，在一棵槐樹下，他背靠著大樹幹，她緊依著他胸膛。在女青年會館她迷迷糊糊沉入深睡之前的念頭是，醒來一定要跟他通電話，聽聽他的聲音。

怡雲把自己咳醒了，那種好像連肺也會吐出來的咳嗽。一摸自己額頭，發燒了，頭熱得要爆炸了。怎麼那麼不巧！好不容易到洛城來蒐集博士論文的資料，竟然一下飛機就大感冒，只好休息一天了。

她爬下床出去找溫度計，出了房間扶著牆，走廊暗無人影，洛城變成死城了？扶牆走，挨到櫃臺，窗外一片漆黑，昏黃的燈光下，櫃臺裡坐的是基督教女青年會館的女經理瑪麗安，她那雙祥和的藍眼睛突然充滿驚愕，忙把溫度計拿出來放在馮怡雲腋下。呀，華氏一〇三度！瑪麗安叫了救護車，又去馮怡雲的房間取了她的皮包，送她進了洛大附屬醫院。

她睜開眼睛，看見床腳方向立著兩個高大年輕的白人男子，一個金髮，一個棕髮，都瞪著眼望她，是西方的黑白無常嗎？他們穿著白罩袍，馮怡雲左右望望，周圍有七、八個擔架床，都躺著人，還有幾個護士穿插其間。啊，這裡是急症室，他們是兩個住院醫生，也許是實習醫生。他們兩個開口，喊口令似地，一個接一個說話，非常簡短。她是英文系的研究生，但頭腦昏沉，聽得清楚的，她答話，聽不清楚的時候，只好無助地望著他們。

「幾歲？」

「二十五歲。」

「今天吃過什麼？」

「雞蛋三明治。」

「由國外入境？」

「這三年一直在美國。」

「最近什麼時候性交？」

「？」

「什麼時候性交？」

「沒有。」

當然沒有，她還是處女。

兩個醫生快速地嘀咕。她被送進一個房間，被搬上另外一張怪形怪狀像螃蟹的斜床。女護士脫了她的上衣、牛仔褲、內衣、內褲，換上一件寬鬆的淡藍條紋白袍。她被這般折騰，一陣猛咳，昏眩起來。

金髮頭顱在床尾那邊上下起伏，她忽然覺得下體被刺一下，叫出「啊！」來。那金髮的頭猛然升到空中。是金髮醫生站了起來，他跟旁邊的棕髮醫生又一陣嘀咕。棕髮醫生鄭重地向她宣佈：「妳得的是肺炎。」

護士把她扶下床，再扶她上擔架床。她瞥見怪床床單上有三滴血。

三十六小時後，她的燒退了，咳嗽不再那麼猛烈。她連床頭櫃的杯子也要費很大力氣才拿到。這時閃入腦中的念頭是：德宇有沒有來過電話？想起瑪麗安把她的皮包帶來醫院。馮怡雲費勁地把床頭櫃打開，裡面果然放了她的皮包。取出手機，還好有電。德宇來過兩通電話，一天一通。她不能告訴他自己得了肺炎的真相，因為他一定會擔心，又沒有錢飛過來陪她。手機顯示時間是二〇一〇年七月二日下午三點，他那邊應該下午五點，他剛剛抵達餐館。

「德宇，你想我嗎？咳！咳！咳！」

「妳怎麼了？我兩天給妳電話都不回。」

「重感冒了，前兩天咳到不能說話。想你。」

「也可以傳簡訊來啊！我要開始打工了，再通話罷。」

德宇腦中煩的是，論文的結論要如何寫？找工作到現在連面試的機會都沒有，還有，跟一個癡心的女孩談戀愛有點辛苦。

五天以後，馮怡雲的腦子完全清明了。她躺在病床上，忽然憶起那床單上的三滴血。那個醫生應該打算採樣本，以確定她的高燒是否是性病併發症引起的。她告訴他們說的「沒有」，明明是「從來沒有做過」的意思，難道他們誤解為「最近沒有」嗎？也許他們不能想像一個二十五歲、面貌姣好的女子從來沒有過，也許是凌辱黃種女人的欲望深藏在他們的潛意識裡。這本來是要給德宇的，卻給了金屬鉗子和他們的魯莽。

——二〇一四年九月

棒球棒

他們三個登山友是第二次來走高雄小崗山的步道。步道的入口之下，是一個大斜坡，上面鋪了一條長長的柏油路，這條路成了停車場，其上早停滿了一排車，所以麗子就把車泊在山腳下，三個人走上大斜坡。

他們看見五十公尺前方一個女人在大聲說話，聽不清楚她說什麼。怪異的是，她穿了兩吋半高跟鞋，鮮藍色的長裙及地，深紅色的短大衣，一副逛百貨公司的打扮，卻走在山路上。更奇怪的是，她左手拎著皮包，右手卻提著上細下粗的木棍，啊，是一支棒球棒。

那個女人忽然回轉身，面向他們三個走下坡來。她臉上化了濃妝，四十歲左右。現在聽清楚她說的話了，「看店那麼辛苦，又要招呼顧客，又要管錢，又要管人……」他們三個跟她交叉而過的時候，她望也不望他們一眼，只自顧自地說自己如何辛苦的話。洛青低聲跟麗子和大森說：「可能精神有點不正常。」

他們走了十多步，聽見她說話的聲音又大了起來，原來她又回頭往山上走，她好像是在某一段馬路上來回地走，鐘擺似地，她說：「你算什麼東西，還不是都靠我們家……」因為三個人腳程快，很快拋離她一段距離。忽然背後傳來很大的澎澎聲，回頭看，那個女人正用那棒球棒在用力打擊一架轎車的玻璃窗。

麗子富俠義感，正要衝下山坡去制止她，大森和洛青從兩邊用手拉住她的胳膊。三個人站著看那個女人棒打車窗，坡上方也有四個登山客站定了觀看。坡下傳來她大聲的嚷叫：「混蛋……還說出去打棒球！……騙我你……那個女人不要臉……」

玻璃碎了。

洛青說，「看來是外遇的事。搞不好她是在砸自己家的車。」

觀看的人散了。

他們三個爬上木板棧道，洛青說，「不知道會不會碰到那兩個人。」他們下意識地加快步子。棧道爬完是山徑，三人向前面兩條山徑深處張望，右前方有一對男女背對著他們漫步，他們跟上去。那兩個人手牽手，男的頭髮花白；女的身材苗條，二十多歲的輕快步履。聽見男的說：「下次妳什麼時候回來？很掛念你。」

女的說：「下次要放暑假才來了，爺爺。」

他們三個對望，眨眨眼，哪會那麼容易給他們碰上！怕不是藏在幽靜的密林裡。

他們三個走到好漢亭下，那不是傳統的角亭，而是個長方形的瞭望臺，線條簡單的兩層木構建築，在亭子的二樓可以遠眺阿公店水庫。他們三個走進亭的地面那層，傳來樓上兩個人的對話。

男的說：「也真巧，妳哥哥今早忽然有事，不能去打棒球，而妳又剛好有空。」

女的說：「謝謝你帶我來看阿公店水庫，好好看的風景。」

三個人聽見「打棒球」，瞪著眼互相望，然後走向木階梯上樓，又聽見男的說：「妳不要笑我，十多年前妳高中三年級的時候，就想帶妳出來走走，可是我不好意思開口。」

這對男女看見他們三人在樓梯口出現，男的立刻住口，臉上泛紅，女的羞澀地別過頭去。男的著米色運動服，微胖的中年人。女的著牛仔褲，淺黃色毛衣，三十多歲，相貌平常，沒有化妝。他們三個同時有個念頭：「現在要告訴他們車窗被打碎的事嗎？」

——二〇一四年三月

畫廊王

高速鐵路通車之前，往返高雄和臺北，飛機是最方便、快速的交通工具。梅白雅教授在飛機開始向臺北松山機場降落的時候，由自己記憶中搜尋王清雄的樣子：個子不高，眼睛細長，鼻子削尖。上週在一個學術會議上王清雄向她自我介紹，並邀請她來臺北跟名畫家何福英見面，這令白雅開心好幾天。何大師只在臺北逗留幾天，很不容易見到的。白雅以前發表過兩篇評析他畫作的論文。

白雅出了飛機場閘口，王清雄一個快步上來，雙手緊握她伸出的右手。在機場門外，他請她稍等，五分鐘後，一部寶藍色賓士車停在她面前，因為王清雄個子矮，從外面透過車窗，司機座上只露出他的臉，他對她笑得眼睛瞇成兩條長縫。白雅感受到他的周到和排場，難怪這三年他在藝術商圈急速竄起，難怪他有「畫廊王」的外號。

畫廊王除了安排機票、安排她與何大師見面，還安排她在福華大飯店住一晚。餐敘就安排在福華的日本餐館。白雅對何大師仰慕多年，認為在水墨與現代的結合上，他是畫壇第一人。大師跟她想像中一樣，是位俊朗的中年人。其實何大師對美術史學者中這位後起之秀也另眼相看，還讀過她那兩篇論文，引以為知己。他眼中的白雅，亮麗清雅。兩人一見面就暢談，談畫風、談藝界逸事、談人生，渾然忘了座上其他人。畫廊王忙著佈菜、挾菜。桌上還有第四個人，畫廊王介紹她：「我內人。」白雅只記得她二十八、九歲，相貌端莊，一直微笑著聽大師與學者的對話。

一席餐敘，何大師和白雅都感到淋漓暢快，畫廊王也豐收纍纍。白雅答應在最暢銷的藝術雜誌上每個月替他畫廊的展出寫一篇專稿。何大師答應把自己畫作的臺灣代理權交給他。

過了半年，一個陽光明亮的春天下午，白雅走在大學附近，高雄市文化中心後面的林德街上，那時的林德街還是幽靜的住宅區，有人在背後叫住她：「梅白雅教授。」

她回過頭，是一個削瘦的女人，穿著一件不起眼的咖啡色洋裝。白雅不認得她。那女人說：「我是王清雄太太。」

白雅想起來了，在福華飯店跟她吃過飯，就說：「妳來高雄玩嗎？清雄有沒有一起來？」

她臉上現出緊張的神色：「我娘家在高雄，王清雄把我趕出來了。」

白雅一楞，為什麼她竟交淺言深說這種家務事？她支吾著輕聲說：「怎麼會發生這種事？」

王太太立刻接著說，說得又急又快，好像怕她會走避，不聽她說話：「前晚他提出離婚，說不愛我了。我們結婚才三年，那時他說深深愛我，我才不嫌棄他只有高中畢業，我還把積蓄給他創業，現在他發了，就不要我了……」

說著說著就哭起來，白雅有點尷尬，有個路人在望著她們。但白雅想到，王太太不顧面子，袒露私事，一定是太痛苦了，沒有人可以傾訴，才會跟陌生的她訴冤。白雅拍拍她的肩，王太太就摟著她，一邊哭，一邊說：「他交了一個女朋友，還在大學念書的，為了跟她在一起，他逼我離婚。為了跟她在一起，他還打我。」

白雅瞧不起對女人動粗的男人，說：「下次妳去驗傷，告他虐待。」

她抽噎著說：「不、不，告他的話，關係就完了……」

王太太在大街上跟白雅重複這些話，說了半小時，情緒比較穩定，才對白雅點個頭離去。

後來怎麼樣呢？白雅聽說畫廊王跟太太離婚了，賠她一筆贍養費。那個大學生收了他很多禮物，包括一層樓，然後離開了他。

這種故事常聽到，但真實不虛。

——二〇一五年四月

紫砂觀音

秀惠對馮琳說：「我會送妳一件禮物。妳不要問是什麼，跟我來就是。」

琳說：「不要送我什麼了。我這次搬家回來，妳已經幫我太多，又帶我去買傢俱、買車，又幫我講價錢……」

琳上了秀惠的凌志S300白色轎車，秀惠打斷她的話說：「妳知道，妳是『入厝』，我們的習慣要送禮的。」

秀惠開車到達市內的一家佛教道場，道場占一座大廈的二、三、四樓。整層二樓打通成一間大佛堂。正前方三尊金身大佛像。大佛堂兩旁放著長長的供桌，供著許多較小的佛像、菩薩像。秀惠在佛堂門口往裡望了片刻，然後拉著琳走到右邊供桌第二尊菩薩像前，說：「我要送妳的就是這尊如意坐觀音像。以前我不是跟妳講過，去那位大和尚的本山見他的事？也告訴過妳，買這尊菩薩像的經過。」

琳記起來了。秀惠因為感謝這個佛教山派替她往生的母親做法事，特地上山去向大和尚致謝。在眾多比丘、比丘尼弟子的簇擁下，大和尚接見了她。之後三位比丘尼師父帶她去寺院的禮品部，問她要不要請一尊菩薩像回家供養？她在大大小小近百尊佛像、菩薩像中走了兩圈，只有這尊紫砂做的陶觀音像，令她一見就喜歡。秀惠說，就這一尊罷。一位比丘尼把放在觀音像側邊的價格卡拿過來，是幾十萬。雖然秀惠覺得貴，但看在這個山派替她母親用心做法事的份上，除了已經交納的法事費用，也願意再捐獻。

琳仔細看這座觀音坐像，宜興紫砂壺的同樣質地，色澤褐中微微帶紫，有六十多公分高。左膝曲起，露出半個赤足，雙手都搭在左膝頭，藏在長袖之中，右腿盤坐，全身意態閑雅。那張臉發出慈美的光輝，還有笑容淺淺的櫻桃嘴。有一點像慈母，但更像愛護弟妹的長姊。琳對秀惠誠摯地說：「這尊菩薩實在太貴重了，妳自己請回家好嗎？本來妳就很喜歡她啊！」

秀惠搖搖頭：「我又不信佛，而妳是虔誠的佛教徒，放妳那兒我最放心。何況妳知道，我家裡現在不放任何雕像，任何藝術品。」

秀惠拉著她走到入口的接待臺，對坐在那兒的比丘尼說：「這位師父，右邊第二尊觀音像，是我寄放在這裡的，我現在來請回去。」

她們兩個方才去了公園運動，穿著隨便，襯衫、運動褲、球鞋。這位二十多歲的比丘尼站起來打量她們，臉上露出一絲狐疑說：「妳是指右邊的第二尊？怎麼會是寄放的呢？菩薩在這裡受供養多年了，妳看，菩薩前面正燒著香，身旁還放了牌子，牌上面有供養信徒的名字。」

寄放的佛像居然成了寺產，秀惠又好氣又好笑，說：「這菩薩是我由妳們的本山請來的。妳們道場的住持在嗎？常德住持在嗎？」

比丘尼見她說得出常德的法號，面容改為謹慎：「常德法師四年前就調走了。我去請知客師來。」

不久一位中年比丘尼由裡面出來，對她們合十，說：「請問施主，能否告訴我們菩薩送來的經過？因為我也沒聽過寄存的事。」

秀惠捺著性子解釋：「五年前常德住持帶我到妳們南投的本山去見老和尚。我用幾十萬請了這尊菩薩，當時放家裡不方便，常德住持說可以寄放在這個高雄道場，隨時可以拿回去。」

知客師說：「請兩位施主稍坐一下，我打電話去問。」

過了二十多分鐘，知客師出來說：「施主，對不起，讓妳久等了，我們找到常德法師了。妳隨時可以請回家去。」

秀惠覺得應該馬上帶走，打電話找了朋友來，把菩薩連底座一同抬上了車。

琳望著放在她客廳的菩薩像，像前供了六朵水晶蓮花，她望著菩薩慈美的臉，想：秀惠有捨的力量，在五十歲以後，她把自己的名牌皮包、服裝、首飾都給了她族中的晚輩，把她的藝術品送給朋友。秀惠衣著樸實，穿棉布衣褲。家中只求舒適，四壁素淨。她已經捨棄了物質欲。有些人的智慧是天生天成的。

——二〇一五年七月

第六輯

深山一口井

禪機

一部車牌香港、內地通用的轎車，在廣東省北部山區行駛，鍾鳴和洪莉兩個女子坐在後座，司機旁坐著她們兩位的方外之交願明法師。她們兩個人心中想著同一件事：太幸運了，因為願明法師的幫忙，她們有緣拜見佛圓老和尚，一位像玄奘法師一般，曾為佛法而不顧性命，承受萬難的大智慧者。接著她們各自沉入自己的思潮之中。鍾鳴想，大悟禪寺是佛圓老和尚一手修建的，這是有一千年歷史的雲門宗祖庭。虛雲老和尚在一九五一年把雲門法脈傳給他，那麼佛圓老和尚會展現怎麼樣的雲門宗風呢？

洪莉臉上出現一片暗雲，想到昨天晚上她問父親，兩個弟弟都得到父親的資助來推展他們的公司，她也有自己的公司，她那一份什麼時候給？父親望著她斷然地說：「女兒是沒有份的。」

她一時氣得說不出話來。住在家裡照料父親的是她，但錢財只分給弟弟，天理何在？她要把自己的小公司做大，不管用什麼手段，讓他知道他們姊弟之中誰最行！

晚上八點他們到達大悟寺外三百公尺比丘尼住的雲西庵。願明法師送到門口就止步，約了第二天早上八點在大悟寺門口見，法師就進大悟寺了。願明法師這幾年全力護持佛圓的大願，興建大悟寺的佛學院，法師往返香港、加拿大、大悟寺，為興建佛學院捐募了不少善款。老和尚命他擔任大悟寺的首座，每次來就住在方丈寮裡，陪老和尚。

第二天早上她們兩個隨願明法師進入方丈寮。小小的木門裡有一片方形的庭院，放著七、八盤盆景。對著木門是兩層樓的寮房，簡陋的木構建築，小庭院的右邊是客堂。法師帶她們進入無人的客堂，叫她們等一等。堂內案上供著虛雲老和尚的照片，上面的匾寫著「五葉流芳」，鍾鳴想這寺是虛雲老和尚在二十世紀修建過的偉業之一呢！

一位個子瘦小的老人家，顫巍巍地走進來，拄著拐杖，削尖的下巴，嘴角傲然地抿著，但眼睛清亮，偶而射出凌厲的光芒。他看也不看她們，在太師椅坐下。洪莉趨前恭敬地把名片遞給老和尚，並輕輕地把紅包放茶几上。老和尚看看名片，開口問：「你想做什麼？」給這麼突然一問，洪莉想也沒想衝口而出：「我想賺錢。」

老和尚板著臉大聲叱說：「去偷！去搶！去殺！」說完別過頭去。洪莉的臉刷一下全白了。

在叱聲中鍾鳴沒緩過來，她雙手把紅包恭敬地奉上，那是因為在臺灣過舊曆年她習慣供養師父們。老和尚板著臉，接過紅包就往地上摔，摔得老遠。鍾鳴楞住了，想自己一定做錯了什麼，對大師應該是求法，她恭敬地雙手奉上名片，上面印了她在香港一間大學任文學院長的頭銜。老和尚輕描淡寫地說：「敲鐘叮叮噹噹，教育學生，可以。」

這一刻，方丈寮的木門打開了，有一個年輕的比丘探頭進來。老和尚問：「什麼事？」

他怯怯地跨入院子，低頭說：「有事請示老和尚。」

老和尚拄著拐杖出到院子。洪莉跟鍾鳴對視，兩人用力眨眨眼。洪莉輕聲說：「好厲害，他什麼都知道。」

鍾鳴想，老和尚果然是雲門正宗，宗風險峻，簡潔高古。

那個年輕的比丘恭敬地說，他去湖南那座寺院辦事以後，想告假回鄉下老家幾天。好像是說村裡有位長輩病了，給帶藥去。老和尚大聲叱說：「滾！」

比丘跪下三拜，離去時臉上還帶著高興。鍾鳴和洪莉恍然大悟，這就是禪宗教徒弟的棒喝。她們方才不也是受教過嗎？

老和尚緩緩地走回客堂，看得出每走一步，他都在忍住疼痛。她們讀過他的自述傳略。在一九五三年他開始擔任大悟寺的方丈，當時對外的頭銜是生產隊隊長。一九五八年被劃為右派，腳本來受過內傷，還要挑沙、擔磚、運石。第二年勞動時由梯子上摔下來，右腳的內骨折裂了，因為他過去是多年的和尚，被判定的成分不好，所以當時得不到適當的治療，看得出現在走路依然很痛。老和尚跨進客堂，站定專心地注視方瓷磚地面。淺黃的瓷磚上有一隻蟋蟀。他把拐杖放在牆邊，手扶著牆，走到蟋蟀旁，用他的雙腳站成九十度的直角，把牠包在直角範圍內，然後雙腿向門方向慢慢移動。牠跟著這兩面移動的牆爬行，沒多久牠就由足來足往的險境，回到泥地的家園，那傷痕累累的牆表現的是佛圓老和尚慈悲的身教。

——二〇一六年一月

快救牠們

娟娟喜歡親近大山，她跟明霞、慧美常作三人行，她們三個都在花蓮工作，分跨公職、教育、商業三種行業，一到了週末，就結伴登山。任職花蓮市公所的明霞是頭兒，行程的策劃、開車，都是她一個人包辦。二〇一三年春天，明霞說：「這次我邀請夢清法師跟我們一同去，我們帶她去木瓜溪看美麗的山、石、瀑布。她會由臺東的道場坐火車過來。」

早上她們三個人開車到花蓮火車站，車站前立著一位身材高挑、著褐色袍子、約三十多歲的比丘尼。三個人下了車，近看她鼻子高挺，一雙單眼皮的細長眼睛。明霞恭敬地對她雙掌合十，口中說：「法師好。」

娟娟和慧美跟法師點頭說妳好。法師向她們一一合十。明霞在兩個月前皈依了夢清法師的師父曉月上人，成為佛教徒。娟娟看見法師斜揹著一個布包，右手執一支長柄鏟子，就私下問明霞：「為什麼帶鏟子？入山採中藥材嗎？」

明霞說：「去到妳就知道了。」

車子沿臺十四線木瓜溪畔一路西行入山。很快，就看見高山羅列兩邊。她們過了銅門村，在派出所拿了入山證，過了崗哨，進入銅門水壩區。車窗外，見到溪對岸的懸崖上飛霧飄渺，不時出現垂掛的瀑布，就決定下車步行，欣賞山景。夢清法師的腳程不慢，緊跟在她們後面。娟娟忽然發現法師和明霞不見了。回頭看見她們二人在一百公尺後方，法師正在公路旁用鏟子掘地，娟娟和慧美就往回走。

法師挖的小坑旁，有一隻小松鼠，半身是血，開腸破肚。法師把小松鼠放入坑中，用土掩埋牠，口中念念有詞，明霞告訴娟娟、慧美：「是往生咒。」

娟娟想，壓死牠的司機根本不知道自己殺死了牠。路人，像她自己，根本沒有注意牠死在路上。即使有人看到了，也只會想：「可憐啊！」或「好噁心！」只有法師慎重地掩埋牠，替牠做超渡儀式。佛教相信死後亡靈的存在，那麼小松鼠的亡魂可能一直就在牠屍體周圍徘徊，因慘死而驚嚇，因曝屍路上而哀慟，現在由於法師的超渡而獲得安寧。娟娟望著法師，她正在用鏟背拍平泥土，一臉專注。她對法師的愛心，感到欽佩。

忽然下起雨來，四個人回頭走，上了車，雨下大了，法師說：「我們回花蓮去罷，這雨看來是不會停下來。」

車往山下開，四人沉默著，法師坐前座，在開車的明霞旁邊，似乎在閉目養神。雨越下越大，朦朧中見到右邊是一大片水，難道是走岔了路，開到鯉魚潭？還是在什麼河的旁邊？明霞減速慢行，忽然法師大叫：「停車！停車！」

明霞也驚呼一聲：「啊！」把車煞住。法師急忙開門下車，她們三個也跟著撐傘下了車，卻呆立在地上。

前面的馬路上躺著十多隻三十公分長的魚，全在柏油路上，在雨中，啪啦、啪啦地跳動著。路旁是暴漲的湖水，離開路面還有兩公分，但水裡的魚怎麼會跑到馬路上來？

法師用雙手捧起一條魚，把牠放入湖水中，對她們三個說：「快救牠們！」

三人立刻加入救援行列。娟娟雙掌做鏟狀，捧起一條魚，可是牠馬上一躍，跳出她的手心，摔回柏油路上。娟娟看法師怎麼做，法師先用一隻手輕輕撫摸魚，再很慢地另一隻手捧起牠，再用雙手捧，慢慢起身，一切都是慢動作。娟娟有樣學樣，好不容易把魚送回水中。四個人花了二十分鐘把這近二十條魚送回家。娟娟做了救命的善事，心情愉快起來。

四個人濕淋淋地繼續開車前行。娟娟問：「太奇怪了！魚怎麼會由湖裡跳到馬路上呢？」

慧美搶著說：「鯉魚跳龍門啊！」

學生物學的明霞說：「的確是鯉魚。妳們有沒有注意到馬路的水都匯集到那個地方流入湖裡，在鯉魚眼中，那是個大瀑布。鯉魚本來就喜歡在瀑布下覓食，在生殖期更因賀爾蒙的分泌，特別喜歡跳躍。」

娟娟忽然想到：「法師，是妳叫停車的，妳怎麼知道路上有魚？妳不是在閉目養神嗎？」

明霞說：「是因為法師叫停車，我才注意到路上有黑黑的東西在動。」

法師說：「生命面臨大危難，會發出求救的訊號，如果妳時時心靜地注意周圍的話，如果妳時時心懷助人的慈悲心的話，就會接收到這種求救的呼聲。」

——二〇一四年六月

說稱讚人的話

這家大型綜合醫院的地下室設了一個員工餐廳，醫生和護理人員的家屬也可以來進餐。她是小兒科馮醫生的太太，由一位女實習醫生帶她來吃午餐。馮太太三十歲，中等身材，皮膚白皙，雖然五官分明，但並不特別精緻。然而她臉上流露一種自信和活力。兩個人買了餐，端著盛了食物的托盤，選一張桌子坐下。

隔壁桌一位高瘦的中年女士過來跟馮太太說：「妳是馮醫生太太罷。我們在醫學院校友會上見過面，我是胸腔外科的趙潔玲醫生。我想告訴妳，妳很好看，臉上有一種光彩。」

她微笑著注視馮太太的羞澀，回身走了。

那位實習醫生也對馮太太笑著說：「妳真的好看。」

馮太太以苦笑回報，心想，自己不是美女，她是一家跨國公司的會計，每天都會仔細打扮好才上班，但今天因為要陪丈夫做化療，根本忘了化妝，也許因為趙醫生知道丈夫得病，特地過來鼓勵她。

兩週前，診斷出她丈夫馮醫生得了非小細胞肺癌第三B期，從那天起開朗的馮醫生陷入痛苦中，他努力消化這個惡訊，試著面對化療將會帶來的痛苦。馮太太也非常焦慮。她立刻請了一週的假，研究食譜，帶著菲傭煮健康餐。她焦慮是因為自己根本無法兼顧病重的丈夫和沉重的會計工作，丈夫與死亡搏鬥時，她應該陪伴他，所以三天前她辭了職，於是感到踏實了，可以做好她想做的，也許因為內心有了力量，那位陌生的趙醫生才會說她臉上有一種光彩。

三個星期以後，馮太太陪醫生丈夫到醫院做第二次化療。化療進行時，她一個人到員工餐廳午餐，拿著托盤找到一個角落坐下。吃到一半，後面那桌有一男一女坐下來。女的說：「我知道你是位非常出色的精神科醫生。」

男的低聲說：「有什麼出色！過去兩個月，我兩個病人自殺死了。」

女的說：「精神科醫生是行醫，不是施奇蹟。有一個你的病人來看我的診，他告訴我，你指導他如何發現自己的負面思維，如何導向正面。他用你的方法練習，憂鬱症狀差不多都消失了。他說你是神醫。」

男的聲音有氣有力了：「他真的這麼說嗎？」

女的說：「你看，現在你容光煥發，病人看到這樣的帥哥，肯定受到鼓舞。」

馮太太覺得這位女士的語氣似曾相識，便回頭看，果然是趙潔玲醫生。趙潔玲醫生對她微笑點頭。馮太太想，趙醫生那麼瘦，做外科手術體力夠嗎？

沒多久，那位年輕的精神科醫生吃完走了，趙醫生移過來到馮太太這一桌坐下，說：「上次很唐突，希望妳不要見怪。但是妳真的好看。今天也好看，不一樣，美得比較沉潛。」

馮太太羞澀地笑，「趙醫生，妳很會稱讚人，鼓勵人。」

趙醫生望進她的眼睛說：「我說的是真心話，實話實說。馮醫生在看診嗎？怎麼沒有兩個人一起吃飯？」

馮太太這才知道趙醫生並不曉得丈夫得了癌症：「不瞞妳說，我先生正在做化療，是肺癌。」

趙醫生的聲音透露惋惜：「他那麼年輕！」又問：「替他治病的是洪醫生嗎？」

馮太太記起趙醫生是胸腔外科的，跟腫瘤科的醫生一定很熟，她答：「是洪醫生。」

趙醫生說：「瑪麗醫院有一個腫瘤科的醫生對肺癌研究很透徹，他叫什麼？什麼著……因為腦腫瘤，我的記憶越來越差。對了，他叫林國勤。你可以找他細談如何在生活上減輕化療副作用帶來的不適。」

馮太太口中說謝謝，心想方才趙醫生好像說她有腦腫瘤，是不是聽錯了？她猶疑地問：「妳方才說腦腫瘤……」

趙醫生用手輕輕拍了一下自己腦袋：「看，我不應該說出來的。我的腦子現在不太能控制自己的話了。是，我的腦裡有一顆腫瘤，發現時已經大到不能開刀了。現在只是在等日子。」

馮太太吃驚地望著她，嘴張成O形。這位數日子等死的人，竟然到處鼓勵人，連陌生人也鼓勵，多麼勇敢。她說：「趙醫生，妳真的很勇敢，心腸真的好，自己情況那麼嚴重，還不斷幫忙別人。」

趙醫生臉上的皺紋舒展了，有一種坦然：「以前為了理性，為了客觀，我一向壓抑自己的感受，別人的好處、壞處都不說出來。知道沒有多少日子以後，凡是我欣賞的，全都當面說出來。很痛快的。我看見人的轉變，感到比動了成功的手術，還要充實。」

你說，趙醫生和馮醫生會不會病況有轉機呢？會不會延壽呢？趙醫生在某方面已經不再壓抑自己，常常感到快慰，馮醫生有太太忘我的陪伴，你說呢？

——二〇一七年五月

轉移

美敏在高速鐵路左營站出口等人，湧動的人頭中看見莉捲捲的灰髮。她們雙手握在一起，握著很久沒有放開。上次見莉是十年前，那次莉由美國回來，南下高雄玩，美敏召來六個同學聚餐。這次她回臺灣，美敏特地邀她到高雄家裡住幾天。

她們拉著手，莉說：「妳兒子、媳婦，帶凱凱開車來我家玩，是我上飛機前一晚，凱凱在我客廳搖搖擺擺地走一段路。」

美敏笑著說：「我知道，他們一回家就跟我在視訊上說過了，說妳還送了凱凱一個小熊貓，謝謝妳。」

莉拍了一下美敏的手臂：「我們老同學，謝什麼呢？」

美敏想，「要謝妳的太多了。兩年多前兒子被公司調去美國工作，多虧妳帶他們小夫妻去找房子、租房子，到跳蚤市場買傢俱，還把自己家多的電飯鍋、小沙發送他們。媳婦懷胎，妳還在妳辦的中文學校，向家長徵求嬰兒床，莉代替她做了她身為母親應該做的事。要謝的太多了。那麼巧，兒子在加州工作的地方，就是莉住了多年的小城。」

晚飯後，美敏和先生陪莉坐在客廳吃水果，莉的手機響了：「……什麼？妳摔倒了？小腿骨折？……那麼小娟的奶奶能開嗎？……啊，她下班時間不能改……這樣好了，妳找上次那個美國學生Tom開車，我會付他工資。」

美敏問是怎麼回事，莉說：「在中學放學後，我們中文學校就把十多個孩子接到我家來上課。司機就是我們祖母隊的三個人，包括我自己。現在我人在臺灣，雷雷的奶奶骨折了，小娟的奶奶也忙加班，只好找美國大學生來打工。」

美敏問：「由學校接小朋友出來學習，還要一個個送回家，一定很麻煩，妳收家長多少車費呢？」

「不收費，上課也是免費，由我們奶奶隊輪流教。」

「那麼，那輛小巴士、汽油，都要錢，誰出呢？」

「我先生和我。」

美敏不可置信地望著她，莉解釋說：「美敏，妳要知道，孩子在美國很容易學壞，下了課聚在一起，抽菸、吸毒、性濫交都會發生。有了這個中文學校，他們沒有機會變壞，又學到中文，還在我們眼底下溫習功課，一舉三得。」

美敏欽佩地望著莉。莉不止是古道熱腸的好同學，還具有愛心和行動能力，簡直是菩薩，是聖人。但是她不記得在中學的時候莉有什麼特別，不是班長，也不是風紀股長，甚至不記得她幫過什麼人的忙。

第二天她們回母校高雄女子中學去逛。時間把空間都移位了。廁所移去大操場後面，一幢課室大樓頂替了廁所的空間。噴水池不知去了哪裡，頂替的是長石椅，她們在石椅坐下。莉由皮包取出一張照片給美敏看。前面一排坐著三位六十歲的婦人，後面站三位六十多歲的男士。莉坐左邊，中間是由芝加哥飛到加州來的「美人」，右邊是由德州飛來的小惠。後面一排男士也笑得一樣燦爛。事業有成的退休男士扮演一兩天的眷屬，也是愉快勝任的事。美敏驚歎地說：「美人還是那麼美！」

其實在外人眼中，前一排三個都是老婦人，都因為過美國中產生活，都要自己操持家務，她們有中產的大方、謙和的態度，但說不上美麗，「美人」的美麗是在美敏和莉的記憶之中，很容易就在照片上還原了。

莉說，「妳當年不是跟美人很好嗎？我也跟她很要好。」

忽然美敏想起了四十多年前的一件事，美人和她就坐在噴水池水泥砌的邊緣上，美人告訴她：「莉有男朋友了，他們還到樹林中接吻。」

這間南部最好的女子中學，保守到交男朋友是罕見的事。女孩子們都拚功課，因為交男友，功課注定會落後。美敏想起來了，莉那一年只考上一間非常差的私立專科學校。

原來熱情是可以轉移的。熱情在一個人的少女時代，可以投注在戀愛的激情上。經過歲月的提煉，熱情可以轉化為大愛。

——二〇一四年十月

珊瑚耳環

馮秀青在首飾盒中找來找去，想找出一對耳環來配自己身上的黑紗洋裝，半克拉的紅寶石耳環，還有十字形的碎鑽耳環都常常戴，膩了。打開首飾盒的下層，角落裡躺著一對玫瑰花形的紅珊瑚耳環，她拿在手裡，若有所思。純正的紅色，只是沒有什麼光澤，花瓣有五層，其中一個耳環玫瑰花底層有一片花瓣剝落了，露出裡層粉紅櫻花的顏色。

記憶中哥哥這麼說：「媽，為什麼妳買珊瑚做的首飾呢？珊瑚沒有寶石那麼堅實，久了會裂、會斷。」

母親頭髮花白，一臉的平靜，簡潔地、細聲地說：「秀青喜歡。」

又高又帥、衝勁特強的哥哥說：「媽，妳不如買一隻碎鑽戒指給她，她可以天天戴。」

哥哥比她足足大十歲，在外商貿易公司做經理，一升經理就送一隻一克拉的鑽戒給嫂嫂平常戴。哥又說：「還有，珊瑚原先是活的生物，用遺體做首飾是不祥的，妹妹一個人出國留學，還是不要買珊瑚給她。」

秀青正要反駁哥哥，用美學觀點，母親已經開口了：「就是因為她一個人出去，才給她買她想要的東西。」

說罷就帶著她出門去珠寶店買了一個玫瑰形紅珊瑚項鍊墜子和這對耳環。平常母親很柔順，但是一旦有理有據，任誰也說不動她。

秀青一面回憶，一面用手指搓那兩朵小小的玫瑰花。她在美國的第九年一個冬日，珊瑚墜子裂成兩片，花不成形了，那是因為北美的冬天太乾燥了。去翻書才知道珊瑚首飾是要泡在清水中來保養，她辜負了母親成全她的心意。

那時她年紀輕輕，為什麼著迷珊瑚呢？是不是珊瑚美麗的質地和色彩背後是生與死的神祕呢？牠們曾經充盈地活過，用觸手來捕捉浮游生物，在金陽波光中成長，在清澈的水中跳舞。牠們是有機體，是記憶的載體。牠們的遺體卻成為人類心中的珍寶。

秀青注視手心的耳環，因為搓了十多分鐘，乾硬的紅色光潤起來，花瓣上有些橫切面射出玻璃光。在家屬瞻仰遺容的時候，她站在母親的棺前十多分鐘，七十六歲的母親，皮膚依然細潤，上了粉猶如沒有上，因為她皮膚原來就潔白。雪白的頭髮光亮，像染了銀色。記得以前母親的頭髮烏亮，炒菜的時候她會用一塊用舊的真絲絲巾來包住頭髮，以隔開油煙。自己小學的時候，班上有三個友好的女同學，家境清貧，帶的飯盒裡除了白飯，只有幾條豆莢，或幾塊蘿蔔乾，母親會盛多三倍的炒肉片，塞進她的飯盒，好讓她去分給大家吃。曾經她是世家小姐、癡情的女人、節儉的家庭主婦、愛屋及烏的母親。她一定有其他秀青不知道的面貌，這些一定鎖在某個地方。

秀青戴上了珊瑚耳環，沒有掛項鍊，手指、腕上也沒有戴飾物，出門去參加小學同學會，畢業五十週年的聚餐。母親在那些歲月中豐厚的給予，她用懷念來報答，實在是微薄的。

——二〇一三年八月

過世以後的母親

馮秀清在靈堂上瞻仰母親遺容的時候，心像是被敲掉了一塊，喉頭抽噎、胸口急促地起伏，淚滴滴落下。母親的面容平靜，皺紋撫平，皮膚白皙，看不出七十六歲。出殯後一個半月，秀清失魂落魄，平時興致勃勃地工作、旅遊、吃美食，那一個半月對什麼都提不起興趣。之後十年她常常問自己，何以母親去世會給她帶來如此巨大的傷痛？因為母親和她的關係並不親。

秀清念大學的時候，讀到短篇小說《心經》，張愛玲那麼膽大而徹底地表現伊拉克特拉情結，令她心服。當然她與父母間的這種三角關係，只屬若有若無。少女時代的秀清，漂亮活潑，每天跟父親有說有笑，常靠在父親身上撒嬌，母親總是寬容地笑著看他們父女。那時上高中的哥哥跟母親很親，母子常相偕去看電影，看完一場會熱切地討論好幾天。

到父母親上了六十五歲，哥哥早已在美國置產立業，每年農曆過年帶著太太、兒子飛回臺灣過節，而離了婚恢復單身六年的秀清，回臺中找到工作，每週回家三次，買菜來做飯，給父親量血壓、給母親量血糖。四十歲的秀清也學會寬容了。她察覺進入老年的母親，不只身心，連靈魂都依賴父親，一方面她身體虛弱，需要父親照顧，另一方面，秀清想，是不是像電視劇中的愛情，父親是母親的初戀，也是她的末戀。因此秀清盡量不跟父親單獨說話，每次只要開口，都是對著兩老，讓母親感受父親全屬於她。

所以從小她跟父親很親，跟母親真的不那麼親。母親過世後，不時一些有關母親的記憶，出現在她腦海中。在母親過了七十四歲生日後有一天，秀清例行回家買菜做菜，父親方好出去了。母親才做了白內障手術兩週，眼睛清亮，襯著閃銀的頭髮，很精神。母親拿出一個小木盒，裡面有四隻戒指、兩枚胸針，她把盒子放到秀清手中說：「以前就給過妳幾件，剩下的這些都給妳，媳婦那份他們結婚時已經給她了。我由大陸來臺灣也只帶了十幾件。但是那個最貴重的翡翠葫蘆墜子已變賣了，沒能留給妳，很可惜。知道嗎？二十年前妳和他結婚，不是雙方把聘金和嫁妝都談好了？可是親家母私下來找我，向我要二十萬，她說妳年紀比她兒子大，所以我把它變賣了。當時沒跟妳說，怕影響你們夫妻感情，但更擔心的是，這樣的親家母會灌輸什麼觀念給她兒子。」

母親說中了，結婚不到四年他就變了心。再度細想母親的話，她感受到母親多麼為她忍辱，為她擔心。

母親去世半年，秀清整理告別式上拍的照片，發現來參加的人真多，有父親退休前的下屬，有哥哥的同學，有她的同事、同學，還有母親的牌友、太極拳班的拳友。而且他們幾乎都在靈堂默坐了很久。這不尋常，一般告別式，大多數人，包括她自己，都是行個禮就離開。她記起從小到大不論是父親的朋友來訪、他們兄妹的朋友來訪，母親上了茶之後都在客廳坐下來跟客人閑話，溫婉而文雅，客人都說很多話，也很開心。母親在大陸是官宦人家的大小姐。秀清一向忽略了母親的魅力，自己太自我中心了。

由秀清到北部讀大學，畢業後在北部工作，一直到二十八歲結婚，每隔三、四個月都她會收到母親郵寄來的包裹，裡面有一件為她訂做的洋裝，她習以為常地穿上。回想起來件件都合身，布料好，款式時尚。想像母親挑料子有多仔細，為了她還特別注意流行的女裝，又如何指導裁縫做出最新的式樣，全都因為要讓女兒光鮮亮麗。

母親過世五年，有一天晚上她陪父親看電視，節目是有關毒蛇的生態紀錄片，扭動的黑樹眼鏡蛇令秀清想起四歲時的一件事。父母在臺灣的第一個家，也是他們兄妹出生的家，是一間位於山腳下的日式平房。她在院子樹蔭下，坐在小凳上玩洋娃娃。忽然母親大叫：「清清，不要動！」

母親的身影飛掠而來，用手上的鐵製煤球叉子，拚命擊打秀清身旁一公尺的地面，秀清看見叉子打的是一條黑呼呼、殼亮亮、筷子長短的蟲，打了很多下，那蟲先扭動，然後僵直了。母親扔下叉子，一把抱住秀清，在母親懷中，她感受到母親全身發著抖，母親跟她是很親近過。連蟑螂都不敢打的母親，為了保護她，打死一隻大蜈蚣。

母親過世十年，秀清也六十，步入老年了。一日破曉，她夢見自己像人魚一樣在深海海底游泳，看見一個巨大的蚌，它張開兩片扇殼，隱約裡面有一顆乒乓球大小的金色珍珠。這時傳來公雞啼聲，在夢與醒之間，秀清眼前飄來母親的臉，距離她只有十公分，對著她微笑，是把首飾木盒交給她那天的模樣。是不是母親等了她十年，等到秀清真正感受到她的愛，才來跟她相會呢？

——二〇一七年七月

單親雙親

我曾在單親家庭中長大。沒多久單親家庭變雙親，而且是在兩個單親變雙親的家庭長大。

父母親在我小學三年級的時候離異。自從我懂事，所理解的家庭生活就是有兩個沉默的大人，清早跟晚上出現。進小學才知道家長的作息時間跟他的職業有關。父母都是會計師，父親在澳門政府部門，母親在一個大博彩財團任職，她連星期六、日都去加班。但也不能說他們不愛我。父親常做宵夜給我吃，母親每天再晚都會到我房間來查看我的作業。他們其中一個人單獨跟我在一起時，眼神會透露微笑，但是只要另一個人出現，冷淡就罩在臉上。當然家裡住了一個全職保母做家務、做飯和照顧我。

八歲時有一天下課回家，母親坐在客廳，看見我進門，起身拉著我的手帶我坐下說：「阿囡，媽去香港工作了，妳要乖乖地跟著爸爸。」

我望著門旁的五件大行李箱，心中感到不祥，叫著問：「妳還回來嗎？」

大概母親看見我臉上的驚慌，她摟我入懷中，說：「妳爸媽離婚了，如果妳來香港，可以來找媽媽。」

不記得在我懂事以後，母親抱過我，我還暈眩在母親的體味中，她已經起身走向門去。

不到一年父親再婚，娶進惠姨，真的是娶進來。她一來就辭退保母，她享受做家庭主婦，菜越做越好吃。她還喜歡摟著我說話，常搾新鮮果汁給我喝。爸爸回家一分鐘也不閑，倒垃圾、換燈泡、拖地，粗重的工絕對不讓一大一小女人動手。父親正在三樓的儲藏室，站在活動梯上，抹梁上的灰塵，他大叫：「惠惠，替我換抹布。」一樓廚房傳來：「正在炒菜，叫阿囡做。」我忙由自己二樓的房間出來，去晾衣間大叫：「爸，這有六條，是哪條？」

樓上傳來：「最長那條。」

我欣然領悟，這才是家庭生活，喧嘩熱鬧，無時無刻不在交流，我在一個正常家庭度過少女時期。

高三的時候我申請三間香港的大學，當然是為了尋求母愛。母親去香港後，每一個月都會發一封電郵給我，內容不外乎要好好讀書、做個獨立自主的女人。在我初中一年級那年，她告訴我，她再婚了。

香港城市大學錄取了我，讀傳播系。我發電郵給母親講這個消息，她回信說：「我們住在城大附近的義本道，妳就住我家，正在準備妳的房間。」

我大學四年、研究所兩年都跟母親住，所以說我是在兩個單親變雙親的家庭長大。

由澳門赴香港就讀，我出了九龍中港碼頭關閘口，母親等在那兒，她的容貌和身材跟十年前一樣好看，可惜我沒有遺傳到一點她的美麗。她身旁站著一個高個子中年人，海藍色的領帶，五官端正，跟母親匹配。他接過我的兩件行李，母親說：「妳就喊他蔡伯伯。」

母親的家一塵不染，有工人天天來打掃和做飯。我的房間是淡紫色，牆紙用紫鳶花圖案。母親還記得我喜歡紫鳶花。我進入另外一種家庭，另外一種階層。母親和蔡伯伯說話輕聲細氣地，臉上都帶著微笑。他們在同一家銀行總行上班，他是副總經理，她是會計主任。由蔡伯伯說廣東話的腔調，聽得出他來自臺灣。一家三口常去文化中心聽音樂會。

在我二十五歲開始讀博士班的時候，變成了孤兒。在澳門的父親車禍喪生，半年以後，在香港的母親腦溢血過世。他們兩個都只活到五十一歲，明明是冤家對頭，為什麼像是約好了一起走？是不是在我還沒有出生的歲月，他們有過刻骨銘心的愛情？蔡伯伯辦完母親的喪事就辭職回臺灣去照顧他八十多歲的母親。

另外一個變化是我成了富婆。父親的遺囑裡，房子給惠姨，大部分動產給了我。母親義本道的房子的一半產權和她所有動產都給了我，蔡伯伯把他那份義本道房子的產權也給了我，他來自臺灣非常富裕的家庭。

在父親週年祭日，我回到澳門跟惠姨一同去氹仔菩提園的靈骨塔拜父親，隨後跟惠姨回到我們老家，她望著我似乎有些猶豫，但還是開了口，「阿囝，我要再婚了……，妳不要那樣望著我。跟妳父親在一起，習慣了被他照顧，習慣了兩個人，這一年非常非常不慣，他是妳父親的朋友。」

我花了半年才消化了惠姨的老伴觀念。蔡伯伯由臺灣飛來跟我一同去上母親的墳。過後我們在半島酒店茶座喝咖啡，我說：「蔡伯伯，現在你身體很好，條件也好，考慮再找個伴罷，我不介意的。」

蔡伯伯望了我片刻，只說一句話：「愛不是那樣的。」

愛有不同的程度、不同的熱度、不同的面貌。的確有除卻巫山不是雲的境界，真愛是不是這樣？

——二〇一六年九月

觀水

曉日柔和的光線射在小沙彌通紅的雙頰上，他正在殿前用大掃把掃地上的黃葉，心中卻想念山中那一泓深綠的潭水。這口潭離他的家只有一公里路。才一個月前他還在這潭裡游泳，清涼快活，現在卻給家人送來這座小寺出家，過這麼嚴肅枯燥的生活——誦經、掃地、打坐——更何況師父總是冷冷的，話也不多說一句，想到這裡，他停下掃地動作，望向庭院一角師父的僧房，卻看見一種奇異的景象：僧房窗子向外打開的木扉上閃著粼粼的白光，有一點像正午射在那潭面上的波光。小沙彌放下掃把，躡手躡足走到窗前，探頭望進師父房內，六公尺見方的室內，不僅師父不在，連蒲團、矮桌、衣架、書櫃，全都不見了，只見全室地面上有一池淺淺的水，齊門檻那麼高的清水，透亮透亮的清水，逗得小沙彌禁不住想漂水花，他在深山的潭邊練出漂水花絕技，有石片彈跳七下的紀錄呢！當下雙眼往身旁庭院的地面搜索，牆腳有一小片深紅色的、薄薄的瓦，拾起來伸手向窗內，把小瓦片平投出去，啵、啵，漂了兩下，他開心地笑了，再想，不對，萬一給師父看見自己調皮就糟了，他拔腿就跑。

光師父盤腿坐在蒲團上，他又入定了，閉著雙眼，清矅的臉上無比寧靜，他清楚看見自己身體各處紅色的血液在大小、粗細的血管中遊走；淚水在淚腺蓄而不發；舌下腺正流出少許津液到口中；尿管中有幾滴淡黃的尿液緩緩流向膀胱；還有許多帶垢的小水珠正從汗腺末端的毛孔滲出來。光師父閉目由觀身內轉為觀外界，看見空氣中飄浮無盡的、肉眼看不見的小水粒，他看見百川、湖泊、海洋，甚至看見許多其他的世界，由不同的佛所護持的世界，在那兒透明如水晶的大海正在散發著沉香味。光師父臉色一鬆，眼皮微開，正要出定，忽然他感到右胸口有一個定點劇痛了兩下，他用力吸入一口氣，疼痛稍減，心中光電一般地反省：自己經歷多少輩子終於修到阿羅漢的境界，前業已經盡消，身體不再應該有病痛，是不是修行退步了，又有業產生了？這時候他看見小徒弟在僧房窗外瞪著圓眼睛，探頭探腦，滿臉疑惑，光師父說：「進來。」

小沙彌雙手合十，深深一鞠躬向師父行禮。他眼睛訝異地、骨碌碌地掃著室內的地面，衝口而出問道：「師父，水去哪裡了？地面怎麼一下子全乾了？剛剛這裡還有到門檻那麼深的水，很清的水呢！」

光師父細長的眼中水光一現，恍然覺察原來是小徒弟調皮。他問：「方才你還做了什麼？」

小沙彌臉紅了：「師父，我錯了，方才我玩了用瓦片來漂水花。」

光師父胸口又抽痛兩下，現在他知道問題出在有一個障礙他還沒有突破，他還是有體內、體外之分別。他平靜地對徒弟說：「明天早上，你再來，會看見房裡有水，就進來把瓦片取出來，放回原來的位置。」

第二天一早小沙彌尊師命來到師父僧房的窗口，望向室內，果然地面上跟昨天一樣，積了淺淺的清水，傢俱也不知道被搬到哪兒去了。那塊小瓦片就在門旁邊的水裡。他打開門進了室內，涉水把瓦片拾起，放回室外窗下的牆角。

這天光師父出定後，胸口的疼痛消失了。

一個月以後，在深秋寒涼的空氣中，小沙彌在庭院清掃地上堆積的、厚厚的枯葉。抬頭望見師父僧房的窗口又出現了異常現象，這次不是木頭窗扉上水光粼粼，而是整個窗框裡都是亮晶晶的，裡面還閃著紅色的小光球、綠色的小光棒，他放下掃把，躡足走過去。哇！師父又變戲法了！由窗望進去，滿屋子都是水，一直滿到天花板，可是窗外的空氣像變成一堵透明的牆，水沒有流瀉出來。水中還有幾條紅色閃金的小魚在游泳，水底有橙色的珊瑚和綠色的水草在款擺；像過了多少個世紀以後，水族館裡的參觀者，透過一大片玻璃，欣賞水裡的魚和珊瑚。小沙彌滿腔懷念起山中那口潭，他在清涼的潭水中潛泳時，看見過水底的水草，也遇見過小魚，鱗光閃爍。他忍不住深深吸一口氣，縱身跳入窗口。

小沙彌置身在一大片水域之中，這片水比山中的潭還要深，還要廣，他看見水底的沙地上開滿不知名的、半透明的花朵，色彩明豔，隨著水流輕輕舞動，各種顏色的小魚在他四周陪著他游泳，不遠處還有一條像山一樣巨大的魚游過。真是太多新鮮玩意了！但是他快憋不住氣了，回頭往窗口游去，旋即被水沖出窗框，摔在庭院的泥地上。

今天怪事特別多，他的手上、臉上居然沒有水珠，僧衣也是乾的。他趕忙抬頭望向窗口，坐在地上的他只看得見屋內上半部分，不僅屋裡面沒有水，還清楚看見衣架上披著師父的袈裟。他爬起身來，湊近窗口，師父正盤腿端坐在蒲團上。方才不是一屋子的水嗎？剛才自己是不是做夢呢？

這時光師父回過頭來，瘦長白皙的臉上流露出溫煦的微笑，對著窗外瞪著一雙大眼睛的小徒弟說：「寺裡和山裡是不是一樣好玩呢？」

參考資料：見《楞嚴經》「月光童子」一則。

——二〇一〇年五月

第七輯　陰陽界

最後一刻

忽然間建平看見在正下方，自己躺在床上，被子一直蓋到下巴，眼睛閉著，額頭、眼角都是皺紋，的確是那個八十三歲的他。鼻子上罩著呼吸器，線路接向一個電腦儀器。兩隻手的手背上各插了一個針管，線連著兩個不同的點滴瓶。床側掛著一個尿袋。看來自己身體的狀況很危急。建平想起來了，他所記得的最後幾秒是：他住在兒子的家，已經住十年了，那晚自己在臥室中看電視，突然後腦勺劇痛，他用手抱住頭，接著胸口作悶欲吐，他又用手撫住胸，視覺模糊到看不清楚電視的畫面，他大叫一聲，聽見兒子進他房間的腳步聲，就失去所有的知覺。

這大概叫做離魂罷，離奇的是建平同時擁有兩種截然不同的知覺。一種知覺是，漂浮在空中的他，看得見病房中的一切，甚至知道病房中每一個人心中在想什麼。另一種知覺是，他能感受躺在病床上自己的身體所有的痛苦。真的是一種是冷然，一種是炙烤。有六個人圍在床周圍：兒子、媳婦、女兒、女婿、孫子、外孫女全都在。他們臉上都很悲戚，女兒和兒媳臉上還掛著淚珠。兒子的手握住建平被子底下的手，六個人之中心裡最難受的是兒子。他們父子感情很深，建平相信養兒防老的想法，而兒子自小就崇拜父親，加上父子有共同的夢想，建平從事土木工程業，兒子是建築設計師，雖不同行，但是對創新的建築都興趣濃厚。兒子長大後，父子倆常一同研究國際上新的建築設計，建平退休以後，父子去了一趟美國，專門去各地觀賞前衛的建築。

而那個皮囊呢？建平承受極大的煎熬。指揮中心的腦子已經溢血了、停工了，身體靠人工呼吸、人工輸入的營養、人工排泄，來維持運轉全身的大小器官，現在運轉不太動了。喉頭積了痰、肺部發炎、心臟跳得吃力，其他器官也開始發炎了、腫了，到處都針刺般地痛，這不是受刑嗎？身體已經重度昏迷，疼痛卻口不能說、手不能表達。分別的痛、加總的痛苦，他得全部孤獨無依地承受，這不是活在地獄中嗎？

建平疼愛的兒子在這裡，但是他最思念的人呢？他的妻十年前先走了。對夫妻而言，先走的那個比較幸運，因為有老伴相送。忽然建平瞧見妻正走過來。仔細看周圍，原來是在他們家附近的社區公園，在林蔭小道上她向他走來，她頭髮還是全黑的，笑得很甜。建平拉起她的手說：「我們散步去。」

她說：「啊，我是來接你走的。」

他說：「我很想看一個地方。」

她解意地說：「最想看什麼呢？可以先看了再走。」

建平一動念，兩個人還是手牽手，不過是在另一個地方，那是在陽明山上，這對年輕的夫妻在星期天到山上來走走，櫻花季已經過了，所以上山的人不很多，沿著山路，櫻花樹上結了花生米大小的、綠色的果。他轉身問妻：「妳有什麼事要告訴我？」她說：「今天看醫生，驗出我懷孕了！」

他用力摟住她，滿山的青翠和他們的生命相映，那是他最幸福的時刻。於是他滿足地跟她去另外一個時空。

在那一刻，建平的心跳停止了。

——二〇一七年十月

心跳加快

秀清坐在病床前，望著母親，她的面容沒有表情，好像陷入深沉的睡眠中，小小的身軀那麼安靜，看不出胸口有沒有起伏。她嚇了一跳，趕緊抬頭，望向掛在床頭牆上的心電監護儀，那條線是代表心跳脈搏的，還是在繼續上上下下地畫著，血壓是五十二度。秀清舒了一口氣。

七天前母親還好好的，然後患上了感冒。因為她長期患糖尿病，身體一直很虛弱，吃感冒藥也不見好。前天忽然昏過去。父親叫救護車把她送來高雄的榮民總醫院。她自從昏過去就沒有醒來。醫生診斷是肺水腫加中風。

秀清、哥哥之雷，和嫂嫂三個人輪班守在床前。因為父親身體不好，每天只來兩、三小時陪老伴。前天完全靠父親一個人叫救護車，一個人送她上救護車，一個人簽名辦急救手續，非常勞累。當秀清由辦公室趕到醫院，母親已經進了急診室正在急救中。她見到父親坐在長椅上低著頭，身體無力地靠著牆。七十八歲的父親耗盡精力，身心疲乏。

秀清想父母親可以當選模範老夫老妻。自從父親五十八歲退休後，就全力照顧小他兩歲的母親。煮飯和家務都由他一手包辦。他們結婚五十年，前三十年家務是由母親操持，後二十年是由父親操持。七年前秀清由美國回臺灣工作，在離家兩條街的地方租了公寓，每個星期都替父母買需要的雜貨食品，每個星期替父母做兩頓飯，替母親量血糖，還替家裡請了清潔工。父親總是「妹！」地叫母親，母親總是「哥！」「哥！」地叫父親。每次見到父親小心翼翼地替母親剪腳趾甲，秀清想，這是「白頭偕老」的最佳寫照。他們兩人有多少次輪迴的緣分呢？前些輩子又是如何地彼此扶持呢？現在她躺在床上，失去知覺已經四十八小時了。她知道老伴多麼擔心、多麼害怕失去她嗎？

秀清總會下意識地望向心電監護儀，因為怕在自己不知不覺之中，母親就走了。忽然間，監護儀表螢幕上的線條起了變化，心跳脈搏線密集起來，血壓由五十上升到六十一。秀清心中充滿驚喜，是母親的病情好轉了嗎？是不是她就會醒過來呢？她握住母親乾瘦的、白皙的手。她臉上還是沒有什麼表情，眼睛和嘴唇依舊沒有變化地閉著。秀清再望監護儀，脈搏線又恢復了以前的平緩，血壓又降回了五十。方才為什麼會出現正常化的突然轉變呢？正這麼詫異著，病房間打開了，哥哥扶著父親走進來。父親的白髮如堆雪，映著母親枕上如銀如絲的柔髮。母親臉上依然沒有表情。父親到床前坐下，握住妻的手。

秀清忽然想到，母親的病房是在六樓。父親和哥哥應該是大約在進入病房的半分鐘以前進了地面層的電梯，而那一剎那不正是母親心跳開始加快的一刻嗎？那麼母親即使在昏迷中也知道父親到了！她是多麼渴望跟父親在一起！但是連秀清自己都不知道父親到了，昏迷中的母親又如何知道的呢？是因為父母親之間的心電感應嗎？父親在樓下心想：「妹，我來了。」在六樓的母親身體雖然昏迷，神智卻清楚，她接收到父親的訊息，就心跳加快起來？還是母親的魂魄已經在地面電梯門口迎接父親呢？真有靈魂出竅這種事嗎？

秀清想像六十一年前，在廣州中山大學附屬中學的操場上，十五歲讀初中三年級稚嫩的母親，第一次見到同校讀高中的小帥哥父親，她的心跳是不是也這般地加快呢？

——二〇一五年一月

傷害

這隻大狼狗沒有什麼狼性，她以人面獅身像的姿勢坐在東京市區一座公園的那棵大松樹下，身旁圍著三個小孩。她想他們三個說的話，跟平時常來的日本小朋友說的話不一樣，發音沒那麼細碎。在他們三個小孩眼中，這隻狼狗是龐然巨獸，他們只敢伸出手指碰碰她背脊上棕色的毛。大狼狗嗅到公園門口方向飄來一縷熟悉的氣味，三個小朋友也對著公園門口叫：「紅紅！」

那一對衣著整齊的夫婦，一人一邊牽著圓圓臉的紅紅走進公園。紅紅甩開兩個大人的手奔向狼狗，狗也站起身來迎接她。紅紅連招呼也沒跟三個小朋友打就摟住狗的脖子。她的身高剛好可以跟狗面對面，狗伸出舌頭，她立即伸出臉頰給狗舔，因為媽媽說過，嘴不可以給狗舔，不衛生的。記得媽媽透過一位會說中國話的日本女傭做翻譯員，問公園的管理員，狗多少天洗一次澡。

紅紅對狗說：「你胖了，我也胖了。」

這時爸爸叫：「紅紅，來照相！」

紅紅很喜歡在鏡頭前擺姿勢，就跑到爸爸跟前。他彎下身一把將她抱起高舉，放在一棵大樹的Y形枝幹上，接著他一面後退四、五步，一面調整相機的光圈和時速。紅紅忽然發現自己處身在很高的地方，鳥們站的地方，雙腳懸在空中，腳下是空的，大地正在吸氣，把她的雙腳往下吸，往下拉，要掉下去了！要掉下去了！她大聲嚷叫：「我要下來！我要下來！」

媽媽衝到爸爸身旁，生氣地說：「怎麼把她放那裡，她害怕！」

狼狗也吠叫：「放她下來！」

爸爸在鏡頭後說：「練練她的膽子。」

媽說：「不要傷害她！」

卡嚓一聲後，爸爸就抱她下地了。過了一會兒，她跟狼狗玩的時候，不再害怕了，忽然想起剛才聽到的「傷害」兩個字，不知道是什麼意思？

兩天以後的晚上，紅紅在睡覺前下樓去上廁所，住樓下的日本女傭帶她上完廁所後，送紅紅到樓上玄關，幫她拉開趟門，放紅紅進去自己就下樓了。門內是客廳，鋪了榻榻米，爸爸在客廳的另一邊正對著她，他盤腿坐著，背靠著牆，倚著茶几在看書。有一個女人穿著白底紅花的和服，走到父親前面開始跳舞，深紫色的寬腰帶把她的腰身托得挺挺的，背上嘛嘴一樣的領子裡面，露出牛奶白的一截長脖子。她的袖子寬寬地，像鞦韆一樣地擺動，那雪白的手指，柔得像是正在撫摸什麼。她緩緩轉過身來，紅紅看不清楚她的臉，因為四條由髮髻垂下來的白色花穗頭飾把她的臉遮住了。花穗飄動起來像開滿櫻花的小細枝。紅紅叫出聲來，「好好看啊！」

著和服的女人一下子不見了。爸爸抬起頭望著她問，「什麼東西好好看？」

紅紅望了一下客廳，不見那女人的蹤影，她知道，那女人只有她看得見，跟大人說也沒用，他們看不見的。她說：「是櫻花好好看。我去睡覺了。」

她走到客廳右邊，拉開她房間的趟門時，爸爸起身下樓去，當紅紅進入自己房間後，她聽見汽車開出院門的聲音。

她知道這是夢世界，因為客廳的牆和天花板都變得像毛玻璃，隱約看得見牆外移動的樹枝，看得見天花板裡面的橫豎兩根大木梁。她走到方才那個著和服女人跳舞的地方，模仿她的動作。忽然大狼狗由窗口跳進來，舔舔她的臉說：「明天妳來看我，我有好東西給妳看。」

她的臉給大狼狗舔得暖暖的，又入睡了。當她睜開眼，在她的小房間裡，暗暗的，只有趟門旁邊牆上有一盞小燈。她睡在榻榻米上鋪的床褥床被中。有什麼正令房中空氣和傢俱都波動起來？床邊坐著一個人，雙手捂住臉，雙肩聳了又聳，而且在喘，紅紅聽見啜泣的、低低的聲音說：「怎麼辦？」

是媽媽的聲音！媽媽努力不讓自己哭出聲來。紅紅見過小朋友的小哭、大哭、號哭，但沒有見過媽媽這種哭法。她趕緊把雙眼閉上，因為媽媽是大人，他們是不喜歡讓小孩看見他們哭的。她在媽媽不斷的乾哭聲之中，又入睡了。

第二天爸爸上班以後，媽媽的臉一直呆呆的。紅紅不敢提答應了狼狗去公園看東西的約定。還好過了五天又是星期天，爸爸、媽媽依慣例又帶紅紅去公園逛。她感覺到這五天爸爸、媽媽之間像堆了一道雪牆，但不像她和小朋友之間那樣，沒多久雪就會融掉。爸爸、媽媽之間的雪牆越堆越高。她拉著兩個人的手走進公園的時候，覺得好像兩手握住兩個皮球，隨時會蹦走。果然一進公園爸爸就自己去拍櫻花的照片了。紅紅拉著媽媽走向那棵松樹，怎麼不見大狼狗？繞過松樹，原來大狼狗藏在松樹後面一個石洞裡，狗側身躺著，一共有六隻肉乎乎、毛絨絨的可愛小狗正在吸奶。狼狗望著紅紅，眼中流露與老友重逢的欣喜。紅紅覺得媽媽握住她的手抓得更緊了，抬頭看見媽媽注視著大狗、小狗們，她悲哀的、快要溢出淚水的雙眼中，閃著一點柔光。

——二〇一三年十二月

思慕

妹妹已經換上粉紅色長袖長裙睡衣，仍然坐在客廳的地毯上，把玩姊姊上次送她的熊貓娃娃。坐大沙發上打毛衣的媽媽說：「都九點了，我帶妳上床睡覺。」

妹妹跟媽媽長得像，圓圓的臉，一笑出現的彎月眼，皮膚白亮，聖誕雪人似的。妹妹就那般笑著撒嬌：「不，我要等姊姊，她去上大學，好久沒跟我玩了。」

媽媽說：「跟屁蟲，好吧！妳爸說已經接到了，應該十分鐘就到家。」

大門門鎖響了，有人正在開鎖，妹妹奔過去。大門開了，進來一個英俊的中年男人和一個小美女，一看就知道是父女，一樣勻稱的五官，明亮的大眼睛。爸爸把大門關上之前，走進來一個穿深藍西裝的年輕人，高高瘦瘦的，戴著近視眼鏡。

姊姊穿著紫色的貼身夾克，窄窄的牛仔褲，俏麗得很。妹妹一把抱住她的雙膝，大叫：「姊姊！」

對小她十四歲的妹妹，她很有耐性，輕撫妹妹的短髮：「乖，妹妹放開手，我好脫鞋。」

妹妹放開手，指著姊姊身後說：「那……」

本要說「那個人是誰？」她一看，姊姊身後只有行李箱。再四望，見到年輕人站在兩張小沙發後面，定定地遙望正在脫鞋的姊姊。他的全身帶點灰色，雙腳微微離地懸著。啊，他是那種不能說看見的人。妹妹以前曾說：「媽，有一個婆婆跟妳進門了。」被媽媽罵說：「瞎說！哪有什麼婆婆！」

媽一叱，婆婆就不見了。兩年前開始，妹妹就知道，那種灰灰的人，不能說看得見，因為大人不相信，連幼稚園的小朋友都不信。

姊姊坐在小沙發上，年輕人後退兩步，專心地望著她。妹妹想起鄰居萱萱來家玩，就那樣望著她手上的熊貓娃娃。媽媽由廚房端出四碗紅豆湯。妹妹也坐上姊姊旁邊的小沙發。年輕人在沙發旁邊一動不動地站著凝視姊姊。一家四口圍著茶几坐，紅豆湯是宵夜，媽媽問姊姊：「怎麼不喝紅豆湯？」

姊姊說：「火車上吃過便當了，現在沒胃口。」

媽問：「胃不舒服嗎？」

爸爸插話：「不是，她心情不好，昨天去汐止參加一個同學的出殯。」

妹妹問：「什麼是出『殯』，有人『病』了嗎？」

妹妹看見那年輕人臉上現出難受的樣子，一臉關心地望著姊姊。

姊姊哀傷地對妹妹說：「姊姊有個同班同學死了，去參加送別會。」
媽媽問：「那麼年輕？是意外嗎？是車禍嗎？」
姊姊說：「急性肝炎。考試前他說不舒服就回家了，也沒告訴我們進了醫院，七天就走了。」
姊姊聲音越說越輕。那年輕人的臉糾起來，好像非常痛苦。
媽媽一副知女莫若母的樣子：「是追妳的吧！」
姊姊嘆了一口氣：「一進大學，就收到他十多封信，那時我就跟他說不了。他就沒有再找我。昨天他的同房小馬給了我八十多封信，說他每天晚上都用一、兩小時給我寫信……」
姊姊眼眶中有淚水在打轉：「媽，我對不起這個人，完全不知道他這麼真心……」
他移近姊姊的沙發，愛慕地望著她，臉上現出一絲微笑。
爸爸轉移話題：「小晴，他家有什麼人？」
姊姊說：「出殯見到他父母、姊姊和弟弟。」
媽媽說：「他母親一定非常難過。」
姊姊點頭：「起靈的時候，他母親用樹枝打他的棺材，只抽了一下，大哭起來，就倒在地上昏過去了。」

年輕人非常驚慌，撫著自己心臟部位，向北望，頃刻就消失了。

忽然間客廳的氣氛鬆弛下來，四個人都往後靠著沙發背。沒多久，姊姊端起紅豆湯來喝。

——二〇一五年十二月

無色的雲

她知道自己靈魂出竅了，那是二十天前，發生在美國加州由洛杉磯到舊金山的高速公路上，還沒來得及反應，前面一部深藍福特車忽然慢下來，它的車尾如星球撞擊般地劊進她們豐田車車頭，一下子她騰空立定在三十公尺的高空往下望，八部車一條蜈蚣般地黏成一線，是連環車禍。慧慧那輛紅色的豐田車車頭、車尾都不見了，只餘下像塗了蔻丹的指甲一片車頂。

她看不見車身裡面自己的身體，意識到自己可能已經死了，否則靈魂不會出竅。左右望望，兩個老同學，開車的慧慧和坐後座的玉霞，兩人一左一右浮在十多公尺外，都在往下望。她們旁邊還有一些身影，大概都是這一次連環車禍喪生的。她一退休就到美國來找中學老同學慧慧和玉霞出遊。沒想到上路第一天三個人就不明不白地走了。再一看，她們兩個的身影已經消失了。去了哪裡？學佛的她隱約知道她們是被自己以前一切所做所為帶走了。為什麼她還留在這裡觀察他們對自己肉身的後續處理？

她進入救護車裡的狹小空間，緊跟著身體去醫院。兩小時後慧慧的先生和玉霞的先生一前、一後焦慮地衝進太平間。她一見到慧慧禿了頂的先生，就離開自己的身體，緊盯緊跟著他，試圖提醒他趕快通知自己在臺灣的妹妹，可是即使她放聲大喊，活人也是聽不見的。慧慧先生忙到第三天才記起打長途電話給她妹妹。她舒了一口氣回到殯儀館守住身體，等妹妹來。

之後妹妹來了，替她辦了火化，捧著她的骨灰罈，坐飛機回到高雄，送骨灰罈到鼓山半山腰的元亨寺，在罈入厝的那一刻她才真正鬆一口氣。她突然悟到自己連死後也是個盯細節的工作狂，即使她沒有了身體，只剩下魂魄，也改不了的習性。原來死了以後，人還是可以得到小小的悟。

但是她為什麼還不肯離開肉身已化為灰燼的這一生呢？眼還沒眨，她就聽見淙淙水聲，虎虎風聲。她在深谷的谷底，旁邊是一塊巨大的白色花崗岩，整個谷底遍佈花崗岩，青色的、灰色的、白色的。一公尺外是急湍的溪水，往上望，斷崖上有一條黑線一般的公路。想起來了，這裡是太魯閣，她感到心動了一下，原來人死了仍然有一顆心，會悸動。這是他與她來過的地方，她依在這塊白石上，讓他拍照，照片中的她笑得甜暢。這是三十年前的事了。

兩個人都不是自由身，兩個人都對另一半不滿，兩個人都在對方身上看到自己沒有又想擁有的東西，兩個人都處身於最後情焰會點燃的歲月，於是就一把火燒起來。她投入到沒頂，兩個人之間的付出有一點點不平衡，都強烈地感到不穩定，像飄蕩在暗潮流湧的深水之中。兩年下來，漸漸彼此看到對方身上自己肯定不想要的。慢慢見得少了，最後斷了。她在抑鬱中度過一年，療傷五年，漸漸連回憶也不會勾起了。她的魂魄坐在白色的巨石頂上想，難道這段感情就是她放不下的嗎？

瞬間她已處身在一間公寓的客廳裡，整齊的、佈置雅緻的房間。聽說在分手後不久，他就離婚了，三年後再婚，妻子比他年輕十多歲。是黃昏時分，公寓中只有他一個人，進入書房見到他的背影。坐在一張大書桌前，桌面右邊堆了高高一疊十多本書。頭髮全白了，但依然茂密。

轉到書桌前面，看見他正在寫什麼。一樣是很深的雙眼皮，只是眼角的眼皮沉重些。嘴角一樣似笑非笑，她微微一顫。看看他在寫什麼，原來是在書內頁簽名送朋友，他新出的一本散文集《無色的雲》，這個書名是受《金剛經》的影響嗎？

忽然她的心又悸動了，在那一刹那他抬起頭，眼睛掃向她在的地方，令她一驚。但是不可能，他不可能看得見身為魂魄的她。他的眼光再往上掃，定在書架上端，他起身走到書架前，在最上面一格取下四本書。然後回到書桌坐下，把四本書放在左手邊。又由桌面右邊高高一疊書取上面的一本，攤開內頁，坐直身子，寫下她的名字。她想，此刻他正在想她，心電感應好像也能跨越生死。

錚一聲，她接通他的意念了。「幾天前知道妳車禍過世的消息，妳在那邊好嗎？車禍的時候有沒有受苦？這些年出了五本書，每一本都簽了字要送妳，但不敢寄。妳收到，怕妳生氣，如果妳知道我出了書沒寄來，我想妳也會生氣……」

還會生什麼氣呢？到此刻他還活在過去那些糾纏不清裡面。女人常常在苦海裡翻攪，苦到盡頭，開始淡忘。男人牽掛起來，似乎比較難斷難了。他垂目的臉像吹散的雲，漸漸淡了。她以不可言喻的速度離去。

——二〇一三年十一月

忠魂

有一件令馮琪教授發麻、戰慄的事，每隔一兩個月會由潛意識層浮出來，尤其是清晨醒來的時辰。那是二〇一〇年，她應邀去湖南師範大學講學一週期間發生的事。大學位於岳麓山東邊。有一天清早，湖南師大的楊燕教授，她的好友，陪她去岳麓書院參觀。兩人一早坐車由公園南邊的正門進去。因為書院還沒開門，楊教授就陪她在愛晚亭外的山徑上散步，曉日未出，天地灰濛濛的，最後一絲的夜正由樹林撤退。走在山徑上的馮琪忽然全身像是被一股寒風劈頭罩住，皮膚戰慄，頭皮發麻，心跳加快。這感覺持續了十分鐘。那時她已經把相機交給了楊燕，楊燕從背後拍她，兩人一前一後，邊走邊拍時，晨曦一線射入林間。

遊完岳麓書院，馮琪回到師大賓館的房間，把相機拿出來，查看早上拍的照片，當時她想拍出岳麓書院的古樸，那嵌在白牆上的舊窗花，還有愛晚亭高翹的飛簷。當她看到楊燕用這部相機在山路上拍她的照片卻楞住了，那是她走在柏油路上的背影照，乍暖還寒的四月初，她穿著一件墨綠色的短大衣、黑長褲，在她頭的周圍有一圈明亮的、面盆大小的紫色光環。三張照片裡都出現這個紫色光環。

馮琪想，這是拍攝角度造成的嗎？曉日的光線經過相機鏡頭的折射形成的？但是這三張照片中，她一直走路，是在三個不同的位置，怎麼都有這奇怪的光環？她憶起那十分鐘周身寒冷、全身麻慄的感覺。

當晚在岳麓山腳下的賓館，她做了一個離奇的夢。她在一個巨型的大廳裡，坐在一大群人之中。是白色大理石砌的大廳，周圍全是著草綠色軍服的軍人，校級的軍官們都坐著，其他的兵士全筆直在四周站立，巨大的廳中怕不有四、五百個軍人，他們不怒而威，自然有一股肅殺之氣，但是馮琪倒是一點也不害怕，因為她在臺灣的眷村長大，因為她父親曾任高階軍官。忽然大廳的氣溫急速下降，刮著寒風。幾百個軍人們的面貌改變了，筆挺的軍裝皺起來，上面沾了血，沾了泥。有些人臉上驚怖恐懼，有些人的臉五官糾結，痛苦萬狀，有些人一臉猙獰兇狠，其中有五、六十個人的臉鎮靜而剛毅，在他們頭的周圍都有紫色的光環。但是不管是什麼表情，所有軍人的眼神都有一股悲憤，好像他們有委屈，卻又忍住……

馮琪由夢中醒來，試著記住這個夢的細節。她知道湖南師大位於岳麓山東邊山腳下，她要到岳麓山上走走。來到山腳下有一個大池塘，池上立著一座六角兩層的亭子，亭心的石碑上刻著岳王遺像，是紀念岳飛的岳王亭。她走進山林，岳麓山的東麓比較荒蕪，柏油路到處是坑洞，野草在路兩邊蔓生。走不到十分鐘看見路的右邊有一個長錐形的紀念碑，碑前有祭臺，祭臺前是一片鋪了石板的小廣場，石板地上茂密的野草由縫隙長出來。她辨認出紀念碑上模糊的字跡：「國民黨陸軍第七十三軍抗戰陣亡將士公墓」。紀念碑後面是石頭砌的大墓穴，破爛的木門掩著洞門，上面的木頭依稀寫的是「忠義觀」，想穴裡放的必然是陣亡將士的骨灰罈。她沿著大墓旁破舊的石階而上，漫山都是墳，看墓碑上的字，全是抗戰期間的陣亡將士。原來岳麓山東麓埋的大都是一九三八到一九四四年抗日戰爭在湖南陣亡的軍人。馮琪想，進入她夢中的就是他們嗎？求仁得仁，為什麼悲憤？

馮琪坐在回香港的飛機上想，她腳下這片大地在過去半個世紀，把他們抗戰的事蹟和犧牲的生命全部由歷史上抹去，好像他們沒有打過仗，沒有捐過軀，他們怎麼不怨？回到香港馮琪查資料查到，一九三九年第一次長沙大會戰，七十三軍損失慘重，一九四五年勝利後，七十三軍的軍長修了那座公墓，重新安葬他們。文化大革命期間，紅衛兵在這個墓穴內把骨灰罈打破，骨灰亂撒，把將士的名字刮去。一九四四年第四次長沙會戰，日本軍隊攻占了岳麓山頂的我方砲軍陣地，堅守了幾年的長沙遂失守。馮琪想，在我散步過的岳麓山徑上，我方將士曾做殊死戰。他們大概沒有離開，也許那天早上我步入了忠魂的空間。

二〇一五年九月三日馮琪在網上看到一則消息，引自《瀟湘晨報》：「九月三日抗戰文化園將全面對外開放，市民可前往參觀，園內的陸軍第七十三軍抗日陣亡將士公墓，日前被公佈為國家級抗戰紀念遺址。」馮琪想，岳麓山上的忠魂應該放下了心事，不再悲憤了。

——二〇一五年八月

祖先與子孫

這天何曼儀同學醒得早，八點就醒了，因為昨晚沒上網，令她昏昏欲睡的原因是昨夜十二點回到宿舍，那綿綿密密的雨。忽然她由床上坐起來，記起她睜開眼以前正在做夢，爺爺望著她，臉幾乎貼著她的臉，眼中流露哀傷。是她所記得的、他年輕時的相貌，七十歲的相貌，不是他走的時候八十五歲臉削瘦到顴骨如兩個山丘，而是七十歲飽滿的臉，眉毛只有幾根泛白。她記起來了，爺爺常抱起五歲的她，臉貼臉地笑。但為什麼這次他眼神那麼悲哀？

夢的細節漸漸清晰，爺爺坐在客廳的單人沙發上，對著坐在長沙發上的爸、媽說：「曼儀進了大學，卻天天搞課外活動，一年下來竟有一科不及格，其他科科都低分，搞什麼？你們要在我生日祭拜我，我好發力護持她……」

然後他以坐姿浮到空氣中，飄浮向坐在沙發後一張椅子上、坐得最遠的曼儀，移到臉貼臉那麼近。

五個孫輩中，爺爺最疼她，凡是益智的玩具、書和電腦軟體，只要她出聲，他即刻買給她。曼儀跳下床，明天就是爺爺的冥誕，她匆匆拿起書桌上的手機，給位於新界元朗的家裡撥了電話，怕吵醒同房，壓低聲音說：「爸，方才夢見爺爺了，他要我們辦一件事……」

這間大學北門外有一幅異景：高樓、行人道、公路和牆，各占一方，四面圍住一座七平方公尺的墳。建校以前，這裡是個野草青青的山坡大墳場，它居高臨下。現在大部分墳都遷走了，到處起了大樓建築，往來的是血氣熱旺的學生，只有這座墳如此格格不入，像正向地底沉下去。校園東邊有短短一段高牆，如果你騎在牆頭，會看到外面一座巨墳貼著牆。如果你爬上校園外東方的山嶺朝下望，十多座墳掩映在樹林中，但是除了北門公路邊令人側目的那座墳，其他都不在人的視野內。

就在那個雨夜的三更，就在校園那五棵大榕樹那裡，不知道算是第幾度空間，榕樹籠罩在雨霧中，樹頂空間出現一個巨大的古色古香的亭子，亭中擠了七十八個老人，或者是七十八個非人祖先。他們是附近幾十里地青磚圍、虎地村、麒麟圍、屯子圍等居民的祖先。如果你坐西鐵，兆康站到元朗站沿線東邊的山坡都嵌了不少墳墓，就是這類祖先的房子。這七十八個祖先把亭子擠得滿滿的，有的浮在空中，肩摩著肩。怎麼只有七十八個？五、六百年下來，起碼應該上萬位！當然他們大部分都投胎為人去了，少數做畜生或下了地獄。只有這七十八位放不下他們的子孫，去六道巨輪打了個轉，又回到山坡上的房子，或者回到骨灰塔的塔位。雨夜的陰濕之氣令他們頭腦靈活起來，七十八個祖先臉色凝重，一個接一個訴起苦來：

「好不容易讓孫子生意做大，他卻把曾孫輩都送到海外讀書、就業，現在連祭掃的人也沒有了。」

「哀哉！他們不認那個庶出的，子嗣並沒有斷，煙火卻斷了。」

「我的孫進了大學，卻不用功，太沒面子了。」

「他們只顧爭產，連祭拜的時候，心裡充滿仇恨，不誠心拜我，教我如何幫他們興旺？」

最後七十八位祖先下了一個共同決定，天明以前他們會去找子孫之中最有出息的一個，去給他或她託個夢，教他或她記得祖先的期許，並且要敦促他們立業興家。

祖先們個個努力闖入陰陽界之間的夢世界，去親自叮嚀子孫。但子孫做的夢像鐘漏的沙，全篩到潛意識黑暗的底層。七十八個孫輩、曾孫輩、重孫輩之中，只有何曼儀一個人記得祖先的囑咐。

當人們心中之信仰式微的時候，信仰的力量也會消滅，儘管它曾統領人心幾千年。而幾千年在時間洪流中，也不過一瞬間。

——二〇一三年一月

不一樣的德國旅館

馮琪教授的德國講學之旅有一個不算波折的小曲折。柏林大學的跨文化中心一位職員在電郵中說：「我們跟柏林市中心地區的一家旅館很熟，妳住那兒很方便、舒適。」但在她由澳門出發前兩個月又收到她的電郵說：「對不起啊，妳來的那幾天世界足球杯在柏林舉行，所有酒店都滿了，我還在努力幫妳找。」幾天以後有好消息：「打了一百通電話，訂到了，是阿斯干酒店，也在市中心，很方便的。」

馮琪飛抵柏林機場時，研究中心一位助理來接她，叫了計程車送她到酒店。果真是在市中心一條林蔭大道上。酒店大門左右都是名店，一邊是香奈兒，一邊是愛馬仕。酒店大門算不上大門，只比普通住家的門大些，卻是道老舊的雕花厚實木門。大門旁邊裝了各層的電子按鈕，酒店在二樓，其他樓層都在私人名下。進了大門右邊是那種二十世紀四〇年代加裝的拉鐵門小電梯。馮琪進了電梯像進入時光隧道。二樓酒店的櫃臺周圍佈置得古色古香，實心木老傢俱，窗子和門廊到處垂著絨簾幕。櫃臺裡坐著一位圓潤親切的女經理，一口德國腔的英文。馮琪的房間是個小套間，單人床的床頭和床尾都是花葉圖案的鐵條，臥室天花板垂下一盞小水晶燈。小客廳則放了一張歐式的小沙發椅，綳了織花厚棉布料。小木桌上卻放著一部十幾年前老舊的箱型電視機。馮琪想，她的朋友駱以軍一定喜歡這種調調兒。

第二天的早餐也給她帶來小驚奇，餐廳的佈置非常古雅。因為時差，她一早就醒了，七點去餐廳，一個客人也沒有，這餐廳更像沒落貴族家裡的大客廳，歐式的桌椅，靠牆放著一座長方形巨大的桃花心木杯櫃，其上有一面十八片方鏡子組成的大鏡子，每一片鏡子的邊緣上，水銀都剝落了。馮琪在鏡中見到有一個黑髮的白種男人走過餐廳外的走廊，個子高瘦，一套緊裹在身上的深棕色西裝，很有復古風味，他面容愁苦。她回過頭望向走廊，那個男人已經走出視線了。

這一天馮琪去參觀了三家博物館。到柏林第三天她沒有出門，她整理資料，因為晚上要去大學演講。她把行李箱中的一罐茶葉和禮物紙拿出來，打算給邀請她來的德國教授包個小禮物，可是需要剪刀。走出房門，窄窄的走道上有好幾堆清潔用品，三個人走進走出，看來酒店正在做大清點。她分不清誰是職員，誰是客人，因為這家的員工不穿制服。旁邊走過一位穿綠色襯衫的中年男子，微胖，稍禿頭；就問他借剪刀。他看她一眼，去工作間取來剪刀，刀口對著他自己，禮貌地交給她。馮琪想這個人有教養。

到了下午她到櫃臺叫人來清掃房間，自己到餐廳坐在沙發上整理講稿。那位穿綠色襯衫的男士走過來說：「來，請妳加入我們，到大廚房來喝酒。」

馮琪問：「你們是每週都有員工的聚會嗎？」

他說：「不是，一年一次罷，但這是最後一次。」

「什麼意思？」

「我就是這家旅館的老闆。明天就結業了。」

她瞪大眼睛：「明天就結業？能否請問我原定明天就離開，沒有問題罷。」

老闆誠懇地望著她：「沒問題，妳是我們最後一夜的三位客人之一。」

馮琪想這也是一種難得的緣分。廚房裡一共有八個人，只有她是房客，六個員工打理這十六間客房的旅館；氣氛融洽，但有那麼一點悲傷。原來老闆是俄國移民，五年前從一位九十歲的德國老太太手中買下阿斯干酒店的經營權，續聘了原來的六位員工，保存原有的古典風格，但因為這一層樓的租金太貴，年年虧損，就決定結業。老闆跟馮琪說，這家酒店有一百年的歷史了。卡夫卡在這裡住過。馮琪請老闆帶她去參觀，那是一間非常大的套房，臥室牆上掛著一幅海景的油畫，陰沉的天空，浪中一艘孤舟。一張大書桌對著窗外的中庭，想九十年前中庭應該是花圃，不像今日放幾個大垃圾箱。

當晚馮琪做了一個夢，她置身十多個衣著華麗的西方人士之中，女士們穿長及腳面的窄口裙。大門和樓梯之間的壁爐燃著熊熊的火焰。進門左邊不是現在隔間的公寓，而是巨大的廳堂，酒店的櫃臺就在門對面，大堂吊著晶亮的大水晶燈。這時大門開了，秋風掃進來，走進一位高瘦的黑髮男子，面容憂鬱，他咳起嗽來，用手掩住他削瘦的臉……

阿斯干酒店建於一九〇〇年代，五層樓高，當年是柏林最豪華的酒店之一。卡夫卡在一九二三年四十歲時，住進這家旅館寫小說，他於一九二四年去世。第二次世界大戰這幢大樓倖免於盟軍轟炸，但戰後，旅館只剩下一層樓，其他都改成公寓。至於卡夫卡當年住的房間是否就是馮琪參觀的那間，待考。

——二〇一五年六月

鹿陵山莊的故事

阿里山上的鹿陵山莊有一種淒涼的美，除了來路，其餘三面下臨險坡。灰藍的霧浪，由坡底三面六方滾滾湧上來，前一秒還看見紅酒般的落霞，這一秒整個山莊給霧吞沒。一九八〇年代末期，鹿陵山莊是鹿林山管理站的所在地，也是籌劃國家公園的一處辦公室兼員工宿舍。白天辦公室有十個人上班，到了晚上和週末，只有三個人留守，管家方娟和兩位巡山員陳平、陳正兩兄弟，哥哥陳平和方娟是夫妻。三人都是布農族。適逢農曆年放長假，方娟和陳平回豐丘村老家過年，跟父母、自己的兩個小孩團聚，剩下陳正一個人隆冬獨守山莊。

陳正十九歲，標準布農族的身材，個子不高，下身較短，小腿粗壯結實，胸部寬闊厚重。異於常人的是他的臉，像刀削出來的，濃眉深目，隆鼻薄唇，很帥氣的一張臉。前年他在竹山高中剛升上高二，因為父親中風，母親摔倒骨折，都住了院，他就輟學追隨哥哥的腳步，到鹿林山管理站做巡山員，好賺錢養家。

大年初二白天他忙著巡山，沒有伐木賊，也沒有新設的非法捕獸陷阱。吃完晚飯，八點多他有點睏了，就在臥鋪上躺下。這時有人敲大門。他一面走向大門，一面嚷：「等一等！」他迅速地把大門旁小桌上的登記簿拿起來，果然今晚登記了林務局的技士梅小龍。打開門，冷風掃進一個穿著俗稱太空衣外套——那時還沒有出產羽絨衣——的人，他的個子跟陳正差不多高，人工毛邊的連衣帽包住他的臉，只露出漆黑的眼珠，進了門，跟陳正對上眼，馬上低下眼皮移開目光，脫下外套，長髮嘩一下瀉落，竟是個二十多歲、眉目清秀、身材姣好的女子。她的明眸掃過陳正，微微一笑，陳正被電到了，他心中還在玩味著她剛才低下眼皮的表情，讀高中的時候，不少女學生面對他時，就有這種表情。顯然梅小龍看得出他年紀比她小。但是這位大他五、六歲，見過世面的女人，為什麼害羞？因為自己英俊的臉？因為他衛生衣裡的健碩體魄？

梅小龍在客廳的大沙發坐下，陳正倒了杯開水放茶几上，問：「晚上開車上山沒問題罷。」

她說：「兩年前來過，沒問題。你那時還沒有來工作罷？」

他答：「是，我來上班差幾天兩年整。妳這次來是調查什麼呢？」

她說：「雲杉。上次來查鐵杉。我給你看雲杉的照片。」

她由大背包中取出一本剪貼簿，陳正坐到她身旁，湊過去看，她說：「你看，黑雲杉的毬果竟是紫紅色，好不好看？」

兩人的肩只有一線之隔，他眼瞄著她起伏的淡紫色毛衣，淡紫和毬果的深紫相映，她身上散發縷縷的松葉香，他不自覺地把自己的肩貼向她的肩。他的肩一觸及她，她就站起來說：「我累了，要去睡了。」

陳正問她要洗澡嗎？她說知道燒水麻煩，上山前洗過了。他帶她去女用通鋪臥室，替她在大櫃中取出臥鋪，問她幾點起床、是否要吃早餐。她說不要麻煩，她天未亮就要下山谷，自己帶有乾糧和水，明天查完山谷的雲杉就直接下山回去。

知道山莊另一間房裡住了位散發魅力的女人，他失眠了，給渴念折騰到兩點。等他醒來已經上午九點。跑到她房間，臥鋪已經給收拾好，放好在大櫃裡。出了山莊，停車場也不見她的車。他趕忙跑下山谷，名為巡山，巡所有的小徑，其實是想碰見她，但是沒有再見的緣分。陳正幾乎跑遍轄區每一座山，到黃昏才回到山莊，胡亂吃了點泡飯，就筋疲力竭地上床。到了半夜，有人敲門，他爬起來開門，竟是梅小龍，太空衣帽子半掩的那雙黑眼睛燃燒著火焰，他拉她的手，進自己房間，關了燈，替她脫掉層層衣服，她居然那麼順從，陳正覺得有點奇怪，但是他管不住自己滾燙的身體，做了很多次，然後摟住她昏昏睡去。

等陳正醒來，又是大白天，不見了她的蹤影，床上有一縷松葉香。他頭痛、人昏沉，一摸額頭，滾燙的，忽然想到登記簿上會有她的電話、住址，忙走到大門旁拿起登記簿，年初二竟然是空白的，沒有人登記入住！那麼梅小龍是誰？哥哥說他未婚時，晚上在山莊外，見過白衣長髮的女鬼飄過。梅小龍是不是鬼？鬼的身子怎麼那麼柔軟、溫熱，他耳邊還殘留急促呼吸的氣息，殘留似有似無像口簧琴聲的吟唱。日近黃昏時，陳正被恐懼和渴念拉扯，昏昏沉沉，到了半夜傳來敲門聲……

就那麼巧，像聶小倩電影的情節一樣，一位高人出現了。因為國家公園的旅遊中心大年初五動工，辦公室主任令陳平、方娟帶大雲寺的靈覺法師來山莊過夜，好第二天早上去工地灑淨。他們三人在年初四晚上九點到達山莊，淺灰色的霧團團把山莊圍住。敲門不見陳正來應門，方娟用鑰匙開門，開了燈，打開陳正的房門，卻倒退兩步，驚呼：「啊！阿平你來看！」

陳平看見弟弟做「大」字形仰臥床鋪上，全身赤裸，口中念念有辭，忙用被子覆蓋他，用手摸他的額頭，發高燒呢！陳正閉目怪異地微笑著，輕呼：「小龍！小龍！」

陳平心想必是鬼祟，就大叫「靈覺法師！」再一看，高瘦清臞的法師正在陳正床邊盤腿坐下，閉目打坐。小龍是誰呢？陳平想起來了，他們轄區最近一次山難發生在兩年前，是一位姓龍的女子，林務局的技工，叫龍小梅。失蹤六天以後他們兄弟才在深谷的懸崖底，兩棵大松樹下找到她。那是弟弟上工第二天，他什麼都不懂。知道弟弟負重力跟他一樣強，就把大體綁在弟弟身上，叫弟弟記住每一個捆綁的步驟，因為幾個鐘頭後要照樣做一遍。弟弟扛到半山腰，換了哥哥扛。陳平想一定是弟弟第一個揹她，所以她會找上他。

靈覺法師問：「妳有什麼冤屈？」

龍小梅：「摔下去的時候，好驚恐、好痛！在陰森的山谷飄蕩七百多天，好孤苦！我很無辜，當然要找替身！」

在龍小梅眼中，入定中的法師身放微光，法師問：「妳無辜嗎？」

剎那間，龍小梅眼前出現綿延不盡的臉，承受痛苦而扭曲的臉，那是被她多世所有傷害過的人、動物、飛禽、魚類、昆蟲，她一一憶起自己如何傷害他們。她感受他們的痛苦，整個人不斷地激烈顫抖，她當然不是無辜的。

法師又問：「替身能代替妳什麼？業沒有別人可以代妳受。明白了就自由了。」

龍小梅糾結的眉頭解開了，領悟到該她承受的，她應該承受。她先向法師合十為禮，再向陳正鞠了一個躬，然後忽然消失了。

——二〇一九年二月

《深山一口井》後記

這本極短篇小說集《深山一口井》，是我走出創作冬眠期之後寫的第一本書。我由二十多歲開始就以文學創作為自己的志業，沒想到由一九九四年做中山大學外文系系主任開始，志業越來越邊緣化，行政和學術著作的負擔越來越重，在我擔任香港浸會大學的文學院院長期間，即二〇〇三年到二〇一二年，進入了創作冬眠期。這文學院院長是全職的學術行政職位，掌控全學院的經費、人事和發展，不屬於任何系，完全不必教課；這九年間，我全神貫注於建立學院的長久運行制度、提升各階教授們的學術水準、創辦紅樓夢獎：世界華文長篇小說獎，和國際作家工作坊，以提升大學的國際知名度。人的精力有限，當你全神專注在一件事情上，就沒有辦法投入做另一件事了，以至於在二〇〇三年之後十年，創作上幾乎交白卷。

二〇一二年夏我由浸會大學退休了，本來以為終於可以好好開始寫作了，但是二〇一三年春受聘到香港嶺南大學任客座教授，二〇一三年秋又受聘到澳門大學任書院院長。我想不能這樣耗廢下去，於是決定一面投入全職的工作，一面以自律的方式寫極短篇小說，要連續不斷寫下去。第一篇完成於二〇一三年八月，每個月一篇，一直寫到今天，二〇一九年四月一日。這期間除了有兩個月開天窗之外，從來沒有間斷過。你會問，這五年零八個月應該共有六十六篇，為什麼《深山一口井》只收了其中五十二篇（另加四篇二〇一三年八月以前寫的、沒有在臺灣出過書的小說）？沒有收入本書的那十四篇小說屬於另外一個系列，將收入下一本出書計畫：《禪宗祖師們的傳奇故事》。

二〇一三年八月擔任澳門大學鄭裕彤書院之創院院長的同時，我需要決定自己寫這些極短篇的目標和內容。較年輕的時候，認為寫作貴在真實，為表現自己真實的感受而寫，不為出名，不為暢銷而寫。但到了寫作生命的最後一個階段，一定要想清楚為什麼而寫才下筆。發表作品等於種下了因，當讀者讀了產生感想，那就是果。所以作家是應該為他作品產生的影響而負責的。

我在國立中山大學任教的時候，教過一門外文系研究所的課：“American Confessional Poets”，「美國告解詩人」。這些活躍於一九五〇年代後期和一九六〇年代的詩人，包括 Robert Lowell, Anne Sexton, Sylvia Plath, John Berryman, 不是患憂鬱症，就是患躁鬱症，他們不只有自殺傾向，而且四個人中有三個自殺身亡。他們的作品大多描寫自己混亂的內在世界，寫作是他們療傷的方法，但這些作品可能已經導致一些讀者內心混亂，甚至有樣學樣去自殺。這些告解詩人令我醒悟，寫作不能為了發洩一己的情緒。世間所發表的作品，既然有那麼多描寫內心世界或現實世界的混亂、殘酷、狂暴、自虐，也有那麼多試圖如實地呈現人生的正面和反面，那麼我為什麼不能表現慈愛、提升、向善、寬容這些正面呢？生活中的確有很多感人的故事，值得人寫，也值得人讀。

所以由二〇一三年開始，我就埋頭寫，繼續寫。二〇一八年三月，我終於由澳門大學退休了，回到高雄定居。在香港時，我去觀賞過奚淞繪佛陀得道過程的油畫展，印象深刻，所以二〇一八年六月我北上到新店去探訪兩位畫家奚淞和黃銘昌。我們的談話由淺入深，原來他們讀過我刊登在香港佛教雜誌《溫暖人間》上的極短篇小說，他們兩人都贊同我好好用心寫生活中的小醒悟、愛心的實踐，和善良的力量。此外，奚淞銳利的眼光令我又驚又喜。他居然能指出哪三篇小說全是根據我親身經驗而寫的，哪一篇是我寫的時候，自己最感動的。他能透過文字，感受別人的心靈。這是他潛心修行的結果之一。

這本書中的小說，過去五、六年，曾在臺灣的《聯合報》、香港的《大公報》和《溫暖人間》雜誌上，臺港同步刊出過。二〇一八年年底，陳素芳總編輯告訴我，九歌出版社有意出版我的極短篇小說集，我高興之餘，剎那想到奚淞是序這本書的最佳人選。為此今年三月初又北上新店去探訪奚淞。我知道奚淞近幾年專心於修行，很少寫東西。但是當我提出請他寫序時，他竟然一口答應，真令我感動。之後奚淞和銘昌還幫我出了不少好主意。本書分為七輯，奚淞告訴我，輯名太抽象了，我就把它們全改為具象的、含象徵意義的詞。書名也是跟他們兩人討論出來的。我們本來說其中一輯的輯名「深山一口潭」可以做書名。後來奚淞說，他和銘昌認為「深山一口井」更好，因為跟「人」更有關聯，我說，是啊，還有懸疑感，深山裡怎麼會有井呢？所以書名就此定了。我非常感激在晚年還會結識真正的知交，還有，在出版界沉入谷底的時刻，九歌願意出版我的書，一定是多少年來我做了什麼好事，現在才會這麼幸運。

鍾玲

於二〇一九年四月一日

九　歌　文　庫　　1　3　1　0

深山一口井

國家圖書館出版品預行編目 (CIP) 資料

深山一口井／鍾玲著 . -- 初版 . -- 臺北市 : 九歌 , 2019.06
面 ;　公分 . -- (九歌文庫 ; 1310)
ISBN　978-986-450-245-5 (平裝)
857.63　　108006917

作　　者——鍾玲
責任編輯——鍾欣純
創 辦 人——蔡文甫
發 行 人——蔡澤玉
出　　版——九歌出版社有限公司
臺北市 105 八德路 3 段 12 巷 57 弄 40 號
電話／02-25776564・傳真／02-25789205
郵政劃撥／0112295-1

九歌文學網　www.chiuko.com.tw

印　　刷——晨捷印製股份有限公司
法律顧問——龍躍天律師・蕭雄淋律師・董安丹律師
初　　版——2019 年 6 月
初版 3 印——2020 年 2 月
定　　價——300 元
書　　號——F1310
I S B N——978-986-450-245-5（平裝）